눈꽃 핀 고향의 느티나무

- 내 삶의 회상 -

눈꽃 핀 고향의 느티나무

- 내 삶의 회상 -

글 · 사진 송인덕

어문학사

머리말

여기에 엮은 글들은 필자가 살아오면서 보고, 듣고, 느끼고, 생각한 것의 조각들을 모은 것입니다. 필자는 일제 강점기에 태어나 식민지 교육을 받으면서 어려운 시대를 살아왔습니다. 그 후 성장하여 직장의 방송 일로 일본을 자주 오가며 일본인들과 교류의 폭도 넓어지고 좋은 일본인 친구들도 생겼습니다. 그러나 현해탄의 파도처럼 한·일간에는 늘 크고 작은 풍랑이 일었습니다. 대부분 과거의 가해자인 일본에서 불어오는 바람이었습니다.

필자는 바람 잘 날 없는 현해탄을 자주 넘나들면서 한·일간의 미래를 생각하며 '생각의 편린'들을 두서너 차례 책으로 묶어 출판한 적이 있습니다. 이번에 쓰는 이 책만은 복잡한 한·일 과거사 문제 등에서 벗어나

편안한 마음으로 읽을 수 있는 아름다운 책을 쓰고 싶었습니다. 오다가다 찍었던 사진들도 많이 실었습니다. 글이나 사진이나 다 서툽니다. 그러나 여기에는 저와 동시대 사람들의 정서와 경험이 담겨 있습니다.

　일제강점기와 6·25를 거친 필자의 삶의 경험과 정서를 앞으로 일본과 교류를 지속해야 하는 다른 사람들과 함께 회상하며 나누고 싶었습니다.

　끝으로 이 책이 나오도록 지원해주신 방일영 문화재단에 감사드립니다.

2014년 가을 광교산 자택에서

차례

제1부 고향의 느티나무

고향의 느티나무

한국 시골 마을 어귀에는 어김없이 수백 년이 넘는 느티나무(정자나무)가 있다. 우람한 느티나무는 은행나무와 함께 가장 오래 사는 장수목이다.

온갖 모진 풍상을 이기고 무성한 가지와 잎으로 넓은 그늘을 제공하여 예로부터 사람들의 사랑을 받아온 느티나무는 인내(忍耐)와 관용(寬容), 그리고 평화(平和)와 화목(和睦)을 상징한다.

내가 태어난 시골 고향 집 앞에는 수령이 500년 넘은 느티나무 두 그루가 있다. 마을 사람들은 이 느티나무를 수호신으로 섬기고 있으며, 그 정자나무 밑에 모여 더위를 식히며 시국 이야기나, 옛이야기 등으로 긴 여름밤을 보내곤 한다.

마을 사람들은 두 그루의 노거수(老巨樹)를 마을을 지켜주는 수호신으로 섬기고, 집안에 변고가 있으면 밤중에 느티나무 아래에 정화수를 떠놓고 비는 사람도 있었다.

느티나무는 봄, 여름, 가을, 겨울, 사철 그 모습을 달리하며 마을을 지켰다. 봄이 되면 연초록으로 단장하고서 새들을 불러 모았다. 온갖 새들이 찾아와 아름다운 노래를 들려주었다. 여름이면 무성한 잎을 드리우고 우람하고 든든한 품으로 마을 사람들을 품어 주었다. 노오란 옷으로 갈아입은 가을의 황홀한 자태는 풍만한 미인도를 연상케 했다. 그뿐인가. 겨울, 죽은 것 같던 나목(裸木) 가지에 하얀 눈꽃이 피면 이 세상 어디에도 없는 신비하고 멋진 하늘나라가 떠올랐다.

나는 불행하게도 일제강점기에 태어나서 식민지 교육을 받고 자랐다. 그런데 두메산골 고향에는 초등학교(국민학교)가 없어서 30리나 떨어진 대전(大田) 숙모님 댁에서 학교에 다니게 되었다. 그래서 방학 때만 고스란히 고향 느티나무 밑에서 뻐꾸기와 매미 소리 등 각종 풀벌레 소리를 들으며 책도 읽고 시간을 보냈다(지금은 내 집에서 회사한 땅에 학교가 세워졌고 대전시로 편입되었지만).

그런데 어느 날 아름다운 꿩 한 마리가 매에 쫓겨 우리 집 광으로 날아들었다. 꼬리가 길고 무척 아름다웠다. 나는 그 꿩을 집에서 기르자고 졸랐다. 어머니는 사람에게 구원을 받으러 온 것이니 안 된다면서 건넛방에 먹이(콩)를 주고 다음 날 산으로 날려 보내셨다. 그런 어머니가 너무 야속했다. 그 후 성장하여 철이 들면서 비단 같은 어머님의 마음을 이해할 수 있었다.

어쩌다 두메산골에 가끔 칼을 찬 일본 경찰이 나타나면 슬금슬금 피했으며, 또 무슨 일이 생기지 않았나 하고 사람들이 겁을 먹었다. 제2차 세계대전 전쟁 막바지에는 고향 마을에 놋쇠를 걷으러와 어머님은 조상 대대로 내려오는 제기(祭器)만은 내 줄 수 없다며 제기를 다른 곳으로 옮겨 놓기도 했다.

그런데 그로부터 얼마 가지 않은 6학년 여름방학 때 일본의 패망으로 고향에서 감격의 광복을 맞이했다. 온 마을 사람들은 느티나무 아래에 모여 목이 터져라 감격의 만세를 부르고 일부 사람들은 대전 시내로 몰려갔다.

유년시절에 체험한 두메산골 고향의 느티나무, 일본과의 만남, 감격스러운 광복의 만세 소리 등……. 고향을 떠나 오래 살아오고 있지만, 나의 마음은 평생 눈꽃 핀 우람한 느티나무가 있는 고향에 있다.

한국의 사철

　우리나라는 삼면이 바다다. 3,300여 개가 넘는 아름다운 섬을 가지고 있다(무인도 2,876). 그리고 전 국토의 70%가 산(山)이다. 그래서 늘 푸른 산이 가까이 있어 언제나 쉽게 산에 오를 수 있다. 산의 표정도 변화무쌍하고 다양하다. 수목, 계류, 암벽, 산길, 구름 등 우리는 항상 맑은 공기를 마음껏 마시며 숲길을 걷고 마음도 몸도 치유하며 사색(思索)도 할 수 있다.

　우리는 언제라도 가까운 산에 오를 수 있는 좋은 자연환경 속에서 살고 있다. 숲은 '그린 닥터'라고까지 불리고 있다. 숲에 있는 모든 것은 우리 몸에 약이 된다고 한다. 의대 이성재 교수는 "숲은 오감(五感)을 자극해 신체는 물론 정신 건강까지 돕는다"며 숲의 공기, 음이온, 새소리, 햇

빛 등 자연환경이 스트레스를 줄이고, 심신을 이완시켜 면역을 높인다고 했다.

우리 한국은 봄, 여름, 가을, 겨울 사계절이 뚜렷하고 봄이면 만물이 소생하고 활기 넘치며 전국에는 화려한 꽃들로 가득하다. 친근하게 다가오는 개나리부터 진달래, 흐드러지게 핀 벚꽃, 산수유, 매화, 목련 등 다양한 꽃들이 피고 진다. 봄이 지나면 신록의 여름이 찾아와 나무 향기가 숲 속에 번지고 온갖 풀벌레들이 경쟁이나 하듯 울어대고 피서객들이 바다로 계곡으로 모여든다. 무더위에 시달리는 사이, 높고 파란 가을 하늘에 온 나무들은 겨울 준비로 울긋불긋 옷을 곱게 갈아입고 단풍구경 오라고 유혹한다. 들녘에는 오곡백과의 결실로 마음도 풍성해지고, 가을걷이와 단풍 구경하는 사이 겨울이 찾아와 온 천지를 설화(雪花)의 천국으로 만든다. 눈꽃 열차도 운행되어 눈꽃 산행을 즐기는 행렬이 이어지고, 스키장은 수많은 사람으로 분주하다.

한국은 하늘이 주신 천혜(天惠)의 나라다. 세계에 이런 자연을 가진 나라는 드물 것이다. 그런데 우리는 이런 아름다운 강산의 고마움을 잊고 있는 것 같다. 이 아름다운 우리 금수강산을 훼손되지 않도록 더욱 심혈을 기울여야 한다는 생각이 든다. 근래엔 지구 온난화로 태풍, 폭설, 혹한의 이변도 많았지만, 1년 내내 찌는 듯한 무더위로 고생하는 나라나 1년 내내 살을 에는 듯한 눈보라로 고생하는 나라들을 생각하노라면 한국에 태어난 것이 매우 행복하다는 것을 새삼 느낀다.

전통 한옥의 멋

나는 정년퇴직 후엔 답답한 콘크리트 아파트 숲에서 벗어나 시골에 내려가 아담하고 고유한 멋과 운치가 있는 한옥을 짓고 자연을 벗 삼아 조용히 글을 썼으면 좋겠다는 꿈을 가지고 있었다.

그런데 사정이 생겨 그 꿈을 이루지 못하였다. 지금 거주하는 아파트가 다행히 광교산 자락의 아늑한 자연 속에 위치해 베란다의 창을 열면 울창한 숲이 그림처럼 다가오고 솔잎 향기가 상큼하다. 그래서 내부를 친환경적으로 리모델링하고 조그마한 서재를 꾸며 살고 있다.

그러면서도 우리 한국의 전통 한옥에 대한 관심은 여전하다. 한옥은 우리 자연과 역사 속에서 형성된 민족의 주거양식이다. 자연과의 어울림을 중요시하여 뒷산을 등지고 의젓하게 자리 잡고 있는 한옥을 보노라면

그렇게 아름다울 수가 없다. 또 한옥은 자연과 교감하며 함께 아름답게 사는 집이다.

아파트로 인해 사라져 가던 전통 한옥에 대한 관심이 서서히 높아지고 있다. 다행이다. 민속촌, 북촌 한옥마을, 전주 한옥마을을 찾는 사람이 늘고 있다. 그리고 브라질에서 2010년 개최된 제34차 유네스코 세계유산위원회에서 우리나라 '안동 하회마을과 경주 양동마을'이 세계 유산으로 등재되었다고 한다.

최근 경주에는 한옥의 정취를 간직한 호텔이 생기고 서울 북촌에는 손님을 받는 한옥 게스트하우스도 생겼다. 전통 한옥 내부의 불편을 줄여 현대 생활에 맞게 꾸몄다. 그래서 한옥 게스트하우스에 숙박하면서 한옥의 정취를 느낄 수 있는 체험도 가능하다. 마음을 편안하게 해주는 우리의 아름다운 전통 한옥을 다시 생각해 본다.

5월의 어린이날

　신록의 계절, 5월은 여왕의 계절이라고 한다. 겨우내 움츠렸던 만물이 소생하는 활기 넘치는 달이다. 5월은 행사도 제일 많은 달이다. 근로자의 날을 시작으로 어린이날, 어버이날, 가정의 날, 스승의 날, 성년의 날, 석가탄신일 등…….

　그런데 나는 5월 어린이날을 맞이할 때마다 「반달」 동요 작곡가 윤극영(尹克榮; 1903~1988) 선생이 떠오른다. 우리나라 최초의 어린이 문화단체인 색동회 창립회원이기도 한 그는 동요 단체인 '다알리아회'를 조직하여 어린이 운동을 펼쳤으며 「고드름」, 「설날」, 「따오기」, 「할미꽃」, 「나란히 나란히」 등의 국민 애창곡을 만들었다. 이 같은 공로로 제1회 소파상, 국민훈장 목련장, 국민훈장 모란장 등을 받았다.

선생과 나는 교육방송에 몸담고 있을 때부터 가까이했던 인연이 있다. 선생은 천진난만한 소년 같았고 인자한 분이었다.

타계(他界)하기 몇 해 전 기미년 삼일운동 예순두 돌 세계 어린이 해를 맞아 「반달」 등을 삽화와 함께 손수 쓴 동요 작품 전시회를 열었다.

〈반달〉

– 윤극영 –

푸른 하늘 은하수 하얀 쪽배엔
계수나무 한 나무 토끼 한 마리
돛대도 아니 달고 삿대도 없이
가기도 잘도 간다 서쪽 나라로

은하수를 건너서 구름나라로
구름나라 지나선 어디로 가나
멀리서 반짝반짝 비치이는 건
샛별이 등대란다 길을 찾아라

기미년 삼일운동 예순두 돌 세계 어린이 해

이 작품 하나가 나의 서재에 걸려 있다. 그분이 남겨주고 가신 것이다. 그의 천진난만한 생전의 모습이 떠오른다. 그분은 떠나고 없지만, 그가 남긴 동요들은 영원히 남아, 자라나는 우리 새싹들이 부르며 건강하게 잘 자랄 것이다.

민들레의 강한 생명력

민들레는 마을 길가나 들판 어디서나 볼 수 있는 국화과 여러해살이 풀이다. 4~5월에 꽃이 피는데 뿌리 잎 사이에서 꽃줄기가 나와 그 끝에 노란색 꽃송이가 하늘을 향해 핀다. 이 식물은 어디서나 잘 자라는 강인한 식물로 뿌리는 굵어지며 땅속 깊이 들어간다. 하나의 꽃이 아니라 200여 개의 낱꽃이 모여 이루어졌으며 하나의 낱꽃은 꽃받침, 꽃잎, 암술, 수술 등을 모두 가지고 있다.

씨앗에는 흰 털이 있어 바람을 타고 먼 곳까지 씨앗을 퍼트린다. 그런데 강인한 생명력을 가진 이 민들레는 많은 병에 효과가 있어 예로부터 뿌리와 줄기, 잎 모두 한약으로 이용하였다. 특히 비타민, 미네랄이 풍부한 식물로 뿌리는 약효가 뛰어나 위, 신경통, 류머티즘, 소아마비, 암 치

료에 효과가 있으며 민들레의 싱싱한 잎을 먹으면 만성 위장병과 위궤양
등에 탁월한 효험이 있다고 한다. 그래서 연한 잎이나 꽃을 우려 마시거
나 데쳐서 된장에 버무려 먹기도 하는데, 이렇게 몸에 좋으니 많은 사람
들이 관심을 두게 되었다.

최근에는 민들레 뿌리를 그늘에 말린 적이 있었다. 물기도 없는데 바짝 마른 뿌리에서 새롭게 꽃대가 나오며 꽃이 피더니 곧 씨앗이 날리고 있었다. 아! 저 무서운 생명력!

　어릴 적 시골 고향에서 길가에 핀 민들레의 흰 털을 입으로 불어 멀리 날려 보냈던, 그 예쁜 민들레…… 화려함과 향기도 없는 야생초에 지나지 않지만 강한 생명력을 가진 민들레. 나는 서민적이고 순수한 민들레를 좋아하게 되었다.

민속촌의 목상木像

경기도 용인시에 있는 민속촌(民俗村)을 다시 찾았다. 30대에 만난 목상을 찾아보고 시골 초가집 풍경을 카메라에 담기 위해서였다

민속촌은 1970년대 전국의 기와집과 초가집이 헐릴 위기에 있을 때 노산 이은상(1903~1982) 선생 등, 뜻을 같이한 몇몇이 전통문화를 지키기 위해 전국에서 230여 채의 전통가옥(기와집, 초가집)을 모아 민속촌을 열었다.

이곳에서는 세시 풍속 행사 등도 열리고 있다. 초가지붕 갈기. 추수행사 장승제 지신밟기, 줄다리기 등······. 그래서 외국 관광객은 물론 많은 인파가 찾아오고 있다.

내가 이곳을 처음 찾았을 때 우람하게 잘생긴 목상에 눈이 끌려 함께

기념사진을 찍은 적이 있다. 그런데 삼십오륙 년 전에 찍은 흑백사진이 나의 서재에 걸려 있어 그 사진을 볼 때마다 궁금했다. 그 목상도 지금까지 잘 살아 있을까, 하고. 살아 있다면 다시 사진도 찍고 싶었다.

그런데 그 장소를 찾아갔으나 그 흔적은 온데간데없고 목상의 자취를 아는 사람이 하나도 없었다. 발길을 돌려 나오려는데, 마침 나이 지긋한 직원이 지나다가 "무엇을 찾으시는지 도와 드릴까요." 하며 다가왔다.

나는 반갑게 삼십오륙 년 전의 목상과 관련된 이야기를 하며 행방을 물었더니 '오래전에 썩어서 뽑아 버렸다'는 것이다.

목상은 생을 마감하고 이 세상을 떠난 것이다. 비록 나무로 만든 목상이라고 하지만 웬지 발길을 돌려 나오는데 내내 서운한 마음이 들었다.

홍련암 紅蓮庵

동해 낭떠러지 절벽에 세워진 홍련암을 처음 만난 것은 잠시 교직에 몸담고 있을 때 교육시찰 단원으로 동해안 지역을 순회할 때다. 그 당시에는 교통이 아주 불편하였다. 우리 일행 10명은 여의도 비행장에서 프로펠러 경비행기로 강릉비행장까지 갔다.

비행장에 내려서도 한참 동안 귀가 너무 아팠다. 그 후에는 집사람과

함께 예불(禮佛)도 올리고 머리도 식힐 겸, 차를 몰고 대관령의 험준한 고갯길을 돌고 돌아 몇 차례 다녀왔다. 그곳을 다녀오면 머리도 가볍고 마음이 편해서였다. 그렇게 편할 수가 없었다.

이 작은 암자는 낙산사(洛山寺)와 같은 연대에 의상(義相) 법사가 창건했다. 강화 보문사, 남해 보리암과 함께 해상 관음 기도처로 이름이 나 있다. 암자는 조수의 침식작용으로 굴이 형성되어 있는데 속칭 관음굴이라고도 불린다.

붉은 연꽃이 솟아올랐다는 홍련암은 당나라에서 돌아온 의상이 관음보살을 몸소 보기 위해 동해까지 왔다고 한다. 이곳에서 푸른 새가 굴속으로 사라지는 것을 보고 의아하게 여겨, 그 굴 앞 갯바위에서 7일간 밤낮으로 정좌하고 기도를 드렸다고 한다.

그런데 친견(親見)을 하지 못하자, 자신의 정성이 부족해 나타나지 않았다고 여겨 자책하며 바다에 뛰어들려 했다고 한다. 그 순간 붉은 연꽃이 솟아나 구해준 것은 물론, 그 속에 관세음보살이 나타나게 되어 원(願)을 이루게 되었다는 곳이다.

나는 지난 2013년 석가탄신일 전날 강원도 양양에 있는 이 홍련암을 찾아 예불을 올렸다. 어언 35년 만이다. 초입에는 오색 창연한 연등이 동해 바닷바람에 휘날리며 찾아오는 사람들을 반겼다. 가까이 들어가니 많은 참배객들과 사진 찍는 연인들로 붐볐다.

홍련암은 탁 트인 바다와 어울려 더욱 시원하고 아름다웠다. 참배 후 법당 마룻바닥에 뚫린 네모난 구멍으로 아래를 내려다보니 하얀 물거품은 변함없이 밀려왔다가 밀려가고 있었다.

제2부 삶을 뒤돌아보며

삶을 뒤돌아보며

우리 세대는 너무나 어려운 시대와 환경에서 태어나서 살아오느라 주변을 돌아볼 여유 없이 앞만 보고 살아왔다. 이제 망팔(望八: 여든을 바라보며)이 되어 잠시 삶을 뒤돌아보니 아쉬움과 후회되는 일이 많은 것 같다. 그렇다고 인제 와서 뒤늦게 후회한다고 무슨 소용이 있겠는가.

그러나 남은 삶이라도 의미 있는 일을 하면서 마무리를 깨끗이 하고 싶고, 후손들이나 독자들에게 앞서 살아온 우리와는 달리 좀 더 좋은 삶이 되었으면 하는 마음에서 글을 쓰기로 했다. 혹시 개인의 넋두리가 되지 않을까 걱정을 하면서…….

나는 과연 긍정적인 사고로 직장의 동료들과 친구들은 물론, 일상생활 속에서 만나는 많은 사람들과 원만한 대인관계로 살아왔는지…….

상대의 입장을 얼마나 이해하려고 노력하고 배려를 하였는지 등……. 또 밖에서 바쁘게 활동한다고 집안, 가족들에게도 소홀함이 없었는지 많은 것을 뒤돌아보았다.

인간은 혼자서 살아갈 수 없다. 가족, 친구, 직장의 동료, 이웃과 더불어 살아가야 한다. 그래서 스스로 먼저 관심을 갖고 너그럽게 따뜻한 마음으로 배려하는 마음을 가진다면 상대도 마음이 달라질 텐데 상대만 원망하고 탓하는 경우가 많다.

나의 삶을 뒤돌아보니 아쉬운 일이 한둘이 아니다. 지금은 뒤늦게 책과 가까이 살아오고 있지만 왜 젊었을 때 좀 더 책을 많이 읽지 않았는지 뉘우친 적도 있다. 물론 책 읽을 여건이 좋지 않은 시대였고, 광복의 혼돈기와 6·25 중에 읽을 만한 책도 없었다.

독일의 문학가 헤르만 헤세는 "책 속에서 진실을 발견할 수 있고, 지혜를 얻을 수 있으며 네가 필요로 한 모든 것을 찾을 수 있다"고 했다. 또 프랑스의 사상가 몽테뉴는 자기를 변화시키고 성장시키는 건 사람과 '독서'라고 했다.

그렇다. 다양한 책을 많이 읽어 지혜, 지식, 정보 교양은 물론 자기를 변화시키고 성장하는 데 필요한 힘을 길러야 한다. 우리는 너 나 할 것 없이 잠시 쉬면서 자기를 뒤돌아보는 성찰(省察), 자기관조(自己觀照)의 시간을 갖지 못하고 바쁘게 살아가고 있다. 이제 잠시 쉬면서 자기를 돌아보는 시간을 가졌으면 좋겠다는 생각을 해본다. 후회 없는 삶을 위해서…….

밝은 미소

예로부터 웃는 집에 복이 온다고 했다. 소문만복래(笑門萬福來), 밝은 미소는 자기뿐만 아니라 주위를 밝게 해 준다. 밝은 웃음은 건강이 나쁘거나 고민, 잡념이 있는 사람에게서는 나올 수가 없다. 마음이 밝고 온화하며 심성을 곱게 가지고 자연스럽게 미소를 지을 때에 상대방에게 감동을 준다.

나는 가끔 전철에서 감동할 때가 있다. 젊은 여성이 상냥하게 미소를 지으며 "어르신 여기 앉으세요." 하면 고맙기도 하고 미안하기도 하면서 앉게 될 때가 있는데, 그 여성이 그렇게 밝아 보일 수가 없다.

그런데 우리는 서양인들에 비해서 표정이 굳어 있다. 그들은 처음 보는 외국인에게도 '하이' 하면서 밝은 웃음을 지으며 반겨준다. 굳은 표정은 본인 건강은 물론 상대방에게도 좋은 인상을 줄 리가 없다.

밝은 미소는 긴장을 풀어주고 건강에도 매우 좋다. 미시간대학교의 한 교수는 10초 웃으면 수명이 3년 더 연장된다는 연구 결과를 발표했다. 얼굴은 뇌의 창이라고 한다. 얼굴의 표정을 지배하는 뇌의 회로가 웃는 얼굴의 피드백을 받아 보다 낙관적으로 전향되게끔 뇌의 활동을 바꾼다고 한다.

인생에는 즐거움만 있는 것은 아니다. 괴로움, 슬픔, 어려움 등 여러 가지로 고통받으며 어렵게 지내는 사람이 많이 있다. 그렇기 때문에 더욱 밝은 사회를 만들어야 한다. 밝은 미소는 자기 마음뿐만 아니라 타인의 마음까지도 치유하는 힘이 있다고 한다.

미소는 마음의 영양소라고까지 한다. 미소를 짓는 사람이 많을수록 우리 사회는 더욱 밝아질 것이다. 또 모두의 건강을 위해…….

바람직한 대화

우리는 일상에서 직접 만나 대화할 때나 전화상으로 이야기할 때, 상대방의 입장을 전혀 고려하지 않고, 일방적으로 계속 이야기하는 경우가 있다.

사람은 누구에게나 이야기를 잘 들려주고 싶어하는 본능이 있다고 한다. 슬픔이든 감동이든 나눌 수 있는 사람이 있어야 한다. 그런데 일방적으로 남의 이야기를 참고 들어줄 수 있는 시간은 삼 분이라고 한다.

신(神)이 인간을 창조할 때 귀를 두 개로, 입은 하나로 만든 까닭은 두 배로 듣고 한 번 말하라는 것이라고 한다. 또 이야기를 들을 때에도 상대의 눈을 바라보면서 공감하는 표정도 필요하다.

친구들과의 대화에서도 일방적으로 자기가 아는 이야기만 계속 늘어

놓아 지루하게 만드는 경우가 있다. 다른 사람이 이야기할 시간도 배려하여야 하는데…….

전화의 경우도 상대방이 필요해서 먼저 전화를 걸었으면 끝까지 듣고, 자기의 이야기를 하는 것이 순서다. 그런데 성급한 사람은 상대의 이야기를 끊고 자기 이야기를 많이 한다. 그런가 하면 자기가 전화를 하는 경우도 상대방이 전화를 받을 상황인지 확인하고 용건만 간결하게 말하는 습관이 필요한 것 같다.

다 함께 부드럽고 격이 있는 매너를 가졌으면 좋겠다는 생각을 해본다. 서로를 위해…….

마음 다스리기

우리는 가끔 마음 다스리기, 마인드 컨트롤(Mind Control)이라는 말을 쓰면서도 그 의미를 관심 있게 되새겨보지 못하고 살아온 것 같다. 그 래서인지 최근 마음을 바르게 다스리지 못하고 과욕을 부리다가 패가망 신하는 사람들을 많이 볼 수 있다.

지나친 허영심과 물욕에 눈이 어두운 고위 공직자들이 부정이나 비리 등에 연루되어 줄줄이 옷을 벗고 있다. 부정과 비리를 단속하고 감시해 야 할 사람들이 자기 마음을 제대로 다스리지 못하여 생긴 일이다.

자기 마음을 제대로 다스리지 못하여 생기는 일들은 그것뿐이 아니 다. 자기의 잘못을 뉘우치고 반성하고 사죄해야 할 사람들이 오히려 상 대에게 폭언하기도 하고, 감정을 억제하지 못하고 남을 비방하고 비판만

하기도 한다. 이렇게 감정적으로 화를 내면 사리 분별력을 잃을 뿐만 아니라 피가 거꾸로 흘러 "독"이 된다는 말까지 있다. 그만큼 건강에 해롭다는 말일 것이다.

'자기 마음 다스리기'는 가정, 직장, 여러 대인관계에서 또 일상 사회생활에서 매우 중요한 요소다. 이 글을 정리하는 중에 또 우울한 소식이 전해졌다. 어떤 아파트에서 층간 소음문제로 이웃끼리 다투다가 두 명이나 살해됐다는 것이다. 정말 어이없는 일이 아닐 수 없다. 조금만 참았으면 될 것을…….

옛말에 참을 인(忍)자 셋이면 살인도 면한다는 말이 있다. 감정과 욕심을 참지 못하여 패가망신하는 사람들, 이 얼마나 불행한 일인가. 이런 일들이 많아지는 것은 개인은 물론 사회나 국가에도 불행한 일이 아닐 수 없다.

우리가 모두 평소 너그럽고 강직(剛直)한 생활습관으로 마음을 다스려 갈 때 건강뿐만 아니라 마음까지도 안정될 거고 우리 사회가 한결 밝아질 것이다.

칭찬하기

고래도 칭찬을 하면 춤을 춘다는 말이 있다. 그런데 우리 한국인은 칭찬에 매우 인색한 나라로 알려진 지 오래다. 그러나 지금은 많이 달라졌다. 옷이 참 잘 어울려요, 어떻게 그렇게 피부가 고우세요, 몸매가 아주 예뻐요, 너 참 잘 생겼구나 등……. 어떤 찬사든 그 말을 들을 때는 기분이 유쾌하고 삶이 밝게 느껴진다.

그런데 칭찬한다고 해서 상대방이 다 기분 좋을 리가 있을까. 바로 얼굴 앞에서 그때그때 가볍게 하는 마음에 없는 칭찬은 본인에게 기쁘게 다가오지 않는다. 진정으로 마음에서 우러나오는 칭찬이라야 감동을 주고 기쁨도 줄 수 있다. 또 바로 앞에서보다 본인이 없을 때 제삼자를 통해서 그 사람의 장점을 이야기하면서 칭찬해 주었을 때 더 감명을 받고 고마워할 것이다.

　우리 주변에는 칭찬해야 할 사람들이 많이 있다. 가족, 친구, 직장의 동료들 등……. 칭찬에는 사람을 바꾸는 힘이 있다고 한다.

　또 학교 교육 현장에서도 선생님이 칭찬할 구실을 끊임없이 찾아 아이들을 칭찬해준다면 아이들은 더욱 기쁜 마음으로 학교생활을 할 것이고 밝게 성장하지 않을까, 생각해본다.

　칭찬은 하는 사람이나 받는 사람 모두에게 좋은 영향을 줄 뿐만 아니라 우리 사회가 한결 부드럽고 밝아지게 될 것이다.

좋은 만남을 위해

우리는 평생을 살아가면서 수많은 사람들과 만나 사귀고 인연을 맺고 살아가고 있다. 가깝게는 학교 친구로부터 직장의 동료들은 물론 직업과 업종에 따라선 만나는 사람들도 다양하다. 지금과 같은 글로벌화 시대엔 세계 여러 나라의 외국인들과도 밀접한 관계를 유지하면서 살아가는 세상이 되었다.

'인생은 어떤 사람을 만나느냐'에 따라 달라진다고 하니, 우리는 좋은 만남에 특별히 관심을 갖지 않을 수 없다. 우선 좋은 만남을 키워가기 위해서는 자신부터 바르게 이해하는 것이 매우 중요한 것 같다. 왜냐하면 자신을 바르게 알지 못하면 좋은 사람을 만날 수 없기 때문이다.

나는 과연 진정성을 가지고 신뢰를 받을 만한 마음가짐과 자세가 되어있는지, 상대를 존중할 줄 알고 상대에게 호감받을 만한 교양과 품성(品性)을 갖추고 있는지 등…….

그다음에는 상대(타자)를 바르게 인식하는 일이 또한 중요하지 아니할 수 없다. 교양도 없고 자기주장만을 고집하는 사람, 진정성과 책임감이 부족한 사람, 허풍과 겉치레가 심한 사람은 호감을 살 수 없을 것이다.

그리고 간과하지 말아야 할 것은 자기와 타인이 결코 같을 수 없다는 것이다. 상대의 입장과 기분을 헤아리고 배려하는 넓은 마음으로 여유를 갖고 있는 사람은 여러 사람으로부터 호감(好感)을 살 것이다. 자신을 모르면 좋은 사람을 만날 수 없다고 한다. 그래서 자신을 바르게 아는 것이 매우 중요한 것 같다.

시작과 마무리

한때 일본인들이 한국인의 성급한 성격에 대해서 농담 반 진담 반으로 '빨리빨리'라고 하면서 농담을 하던 때가 있었다. 반면에 일본인들은 어떤 일을 결정할 때 지나치게 시간을 끌다가 타이밍을 놓친다고들 한다. 아마 그것은 치밀하고 완벽을 추구하는 민족성 때문일 것이다. 그러나 한국은 일본에 비해서 가부를 결정하고 나면 신속하게 일사천리로 해치운다. 그래서 한국의 일 마무리, 제품 등이 거칠고 불충분하다는 생각을 가지고 있었던 것은 사실이다. 물론 지금은 상황이 다르다.

한국과 일본을 연구하는 외국인이 한국 사람들은 기막힐 정도로 일을 해치우지만, 마무리가 깔끔하지 않다는 글을 쓴 적이 있다. 또 프랑스에서는 한국제품과 일본제품을 구별할 수 있다는 글도 있었다. 물론 오랜 과거의 이야기다.

과거에 그랬을지라도 지금의 상황은 다르다. 한국의 발전은 오히려 '스피드'한 데 있다고까지 하는 일본인들이 있다. 한국의 우수한 제품이 세계를 누비고 있다. 아름답고 깔끔하게 디자인된 가전제품을 비롯해 자동차, 선박, 스마트폰 등을 세계인들이 선호하고 있다.

그런데 이것으로 만족할 것이 아니라 우리의 일상 속에서 깔끔하게 마무리할 점이 없는지 계속 주의 깊게 뒤돌아보면서 우리 후손들에게도 자기 주변의 정리정돈은 물론 끝내기와 마무리를 깔끔하게 처리하는 습관을 갖도록 가정교육은 물론 학교 교육을 바르게 가르쳤으면 좋겠다는 생각을 해 본다.

세대 간의 갈등

지하철 옆자리에 앉은 20세도 채 안 되어 보이는 두 남녀가 다정하게 서로 포옹을 하고 있었다. 그런데 얼마 지나지 않아 진한 키스를 하며 차마 보기 민망한 행동을 했다. 그러자 앞자리의 40대로 보이는 여성들이 들고일어났다.

옆에 어른이 계시고 많은 승객 앞에서 자기 집에서나 할 짓을 하고 있느냐며 소리를 지르며 꾸짖었다. "보기 싫으면 아줌마들이 다른 칸으로 가세요." 하며 그들은 태연했다.

이 장면은 얼마 전 지하철에서 본 세대 간의 격돌 장면이었다. 이 광경은 종일 뇌리에서 떠나지 않았다. 그 젊은이들의 무례함 당돌함, 아주머니들의 고함……

현대는 다문화 가정은 물론 세계 여러 나라 사람들과 함께 살아가는 시대다. 서로의 문화를 바르게 이해하는 것도 중요하고, 우리의 인식도 변해야 한다. 하루가 다르게 급변하는 시대에 걸맞게 세대 간의 격차도 줄여야 한다.

그동안 치열한 입시 경쟁에 집중하느라 도덕교육, 인성교육에 소홀했던 것 같다. 또한, 가정에서의 소통 부재 그리고 기성세대의 인식 변화도 필요한 것 같다. 젊은이들에게 상처를 주는 언사보다 따뜻한 마음으로 친절하게 대해줘 그들 스스로 존경심을 갖도록 하여 세대 간의 간격(갈등)을 줄이고 젊은이들이 자유롭게 꿈을 키워가도록 다 함께 관심을 가져야겠다는 생각을 했다.

제3부 책이 좋아 책 속에 사네

책이 좋아 책 속에 사네

책은 지식이며 지혜다. 책은 과거와 현재, 미래를 잇는 핏줄과 같은 다리다.

프랑스의 사상가인 몽테뉴는 자기를 변화시키고 성장시키는 세 가지 교제가 있는데, 그 하나는 동성 간의 교제인 우정이요, 또 하나는 이성 간의 교제인 연애요, 마지막으로 사람과 책의 교제인 독서라고 했다.

인생을 좌우하는 것 중 하나는 타인과의 만남이다. 특히, 좋은 저자와의 만남, 즉 좋은 책과의 만남은 인생을 좌우할 수도 있다. 다양한 독서를 통해 자신의 언어와 사는 방법을 익힐 수 있다. 또한, 책은 인생의 나침반이다.

새로 나오는 책들은 새로운 정보를 담고 있어 정보와 지식을 습득할 수 있다. 책은 무한한 지식과 지혜를 주는 스승이다. 우리는 독서를 통해서 옛 성현들을 만날 수 있고 성현의 말씀을 들을 수 있다.

책은 만인의 지혜라고 했다. 헤르만 헤세도 "책 속에 네가 필요로 하는 모든 것이 있다. 태양도, 별도, 달도 네가 찾던 빛은 너 자신 속에 살아있기 때문에 네가 오랫동안 만 권의 책 속에서 구하던 지혜는 지금 어떤 책장에서든지 빛나고 있다. 그것은 너의 것이기 때문에."라고 읊었다.

나는 일주일에 한 번 정도 서점을 찾는 습관이 있다. 또 친구와 만날 약속이 있을 때에는 가능한 한 서점이나 서점 가까운 곳에서 만나기로 한다. 서로가 기다릴 틈에 잠깐 서점에서 새로 나온 책을 만날 수 있기 때문이다.

그리고 일본을 방문할 때는 빠짐없이 꼭 찾는 곳이 있다. 일본 도서 유통의 일 번지라고 할 수 있는 간다(神田)의 서점가다. 간다 거리에는 서점이 즐비하고 또한 서점마다 책이 가득하다.

새 책방과 고서점이 즐비하게 어우러진 거리에는 세계적인 규모를 자랑하는 산세이도(三省堂) 서점을 비롯하여 90여 년의 전통을 지닌 이와나미(岩波) 서점 등이 있다. 서점가에 들러 잘 진열된 책들을 살펴보노라면 일본의 출판문화는 물론 일본 사회의 변화와 흐름을 엿볼 수 있다. 그리고 내가 필요한 책 몇 권을 구입할 수 있다.

책은 과거를 들여다보는 거울이면서 미래를 내다보는 거울이다. 책은 무한한 지식과 지혜를 주는 스승이다. 자기 발전과 자기 성찰을 위해⋯⋯.

가을은 독서의 계절이다. "책을 읽음으로 밤의 고요를 알고 국화를 보면서 가을이 길어진 것을 깨닫는다(讀書知夜靜采菊見秋深)"고 한다.

일본 서점가를 걷다

　근래엔 서울 중심, 광화문(光化門)에 있는 대형서점 교보문고(敎保文庫)에 가게 되면 필요한 일본 책을 쉽게 구입할 수 있다. 일본 서적 수입코너에는 일본만화 여성잡지류, 일본소설, 한일 관련 책부터 문고본 등, 일본에서 출판되는 책들로 가득하다. 그래서 일본 책에 관심을 가진 독자들로 항상 성황이다.

　전에는 필요한 일본 문고는 일본에 가야만 구입할 수 있었다. 그래서 나는 일본을 방문할 땐 꼭 빠짐없이 서점가를 들렸다. 많은 책방이 모여 있는 일본 도서출판 판매의 일 번지라고 할 수 있는 곳은 간다의 서점가다. 간다 거리는 서점이 즐비하고 또한 서점마다 책이 가득하다. 이곳 간다에서는 도쿄의 다른 서점에서 구할 수 없는 책이라도 어렵지 않게 구할 수 있다.

이곳은 여러 종류의 신구서(新舊書)가 다양하게 전시되어 있기 때문에 간다 거리의 북적댐과 호황은 곧 일본인들의 대단한 독서열을 짐작케 하기도 한다.

또 한편 나는 일본의 서점가를 돌아볼 때마다 일본인들이 국가나 사회를 위해서 걱정하는 이루 헤아릴 수 없이 많은 비판서를 보면서 왜 한국에서는 그런 종류의 비판서를 쉽게 접할 수가 없을까, 또 한국에서도 문고본을 만들어 독자들이 간편하게 전철이나 배낭 속에 넣고 다니면서 읽을 수 있게 할 수 없을까 생각했다.

일본 서점가에는 일본 비판서뿐만 아니라 '품격(品格)'이라는 제목의 책들이 베스트셀러가 되고 있다. 2006년에 후지와라 마사히코(藤原正彦) 교수가 쓴 『국가의 품격』이라는 책이 260만 부나 팔리자 뒤이어 품격이라는 제목을 붙인 수많은 책이 서점가에 쏟아져 나왔다. 『부모의 품격』, 『늙음의 품격』, 『일본인의 품격』, 『여성의 품격』, 『자신의 품격』 등등…….

나는 이웃 나라 일본이 품격을 높이기 위한 많은 책을 보면서 우리 한국에서도 '한국의 품격' 정도의 책이 나왔으면 좋겠다는 생각을 하면서 한편으로는 일본이 부러웠다.

그런데 나의 시선을 끈 것은 『자신의 품격』이라는 책이었다. 저자의 글 중 서양의 식민지정책을 비판하면서 자신들의 식민지정책은 대단히 인간적이고 품격 높은 것이라고 자화자찬한 대목이 있었다. 나아가 이러한 선조들의 정신으로 돌아가 일본인 개개인이 '화(和)'의 정신으로 '격

(格)'을 높여갈 때 비로소 국가 전체의 품격도 높아진다고 했다. 정말 어이없는 글귀였다.

일본이 진정으로 자신과 국가의 품격을 높이려고 한다면, 우선 진실한 마음으로 아시아 침략은 물론 가혹했던 일본의 식민지통치를 뉘우치고 반성하면서 신뢰와 존경을 받는 것이 일본의 품격을 높여가는 순리의 지름길이 아닌가 싶다(이글은 트집 잡고 비방하려고 쓴 글이 아니다. 이웃 나라 일본이 진심으로 품격 있는 국가가 되기를 바라는 마음에서 쓴 것이다).

다니구치 씨의 인생독본

40여 년 전 처음으로 일본 땅을 밟았을 때, 내가 이와나미 서점에서 제일 먼저 구입하여 읽은 책이 있다. 일본인 다니구치 마사하루(谷口雅春) 씨가 쓴 『인생독본』이라는 책이다. 우선 일본의 다른 책과 달리 한자에 히라가나로 토를 달아 읽기가 쉽고 문장도 이해하기 쉽게 표현되어 있다. 내용 면에서도 성경과 같이 인간에게 필요한 보석 같은 진리가 가득 담긴 책이라 할 수 있다.

일본 책을 읽을 때 가장 난해한 것은 우리네와 달리 어려운 한자가 너무 많다는 점이다. 한국의 경우는 순 한글로 쓰이고 꼭 한자가 필요하면 괄호 속에 한자를 함께 적고 있다. 그러나 우리와 달리 일본은 한자 읽기가 음으로 읽는 음독(音讀)과 뜻으로 읽는 훈독(訓讀)이 있을 뿐만 아니라 지나치게 많은 외래어와 합성어, 신조어 등이 뒤섞여, 정말 외국인이 일본어 책을 읽는다는 것은 너무 어려운 일이다.

그런데 이 『인생독본』은 누구나 쉽게 읽을 수 있도록 쓴 책이며 누구에게나 매우 유익한 책이다.

〈인생독본〉

- 다니구치 마사하루 -

당신의 마음속에는 태양이 있다.
당신은 바다의 해를 본적이 있습니까?

바다로부터 떠오르는 태양은 대단히 크다.
바다의 저편에서 큰 태양이 새빨간 모습으로 떠오르면 넓은 파도의 수면에 그것이 비쳐 반짝반짝 몇만의 파도가 태양을 찬미하는 노래를 부르고 있는 광경은 무어라 말할 수 없는 아름다움입니다.

그것을 가만히 보십시오.
누구나 합장하고 기도할 기분을 갖게 됩니다.
그것은 당신의 마음속에 그 태양과 같은 빛이 있기 때문입니다.
이 책은 그 마음에 불을 점화하는 책입니다.
읽고 있는 동안 당신의 마음이 선해지고 행함이 선해지고 건강하게 됩니다.
이 속에 가르치고 있는 대로 길을 걸어 보세요.

이 글은 저자가 서두에 밝힌 글이다.

"인생은 여행, 여행은 길동무, 여행에도 혼자서는 재미가 없다. '저 풍경은 좋은데', '정말 저 산의 녹색은 아름답구나', '저기에는 내가 흐르고 있다', '하얀 띠와 같이 보이는구나, 정말 아름답군' 등과 같이 서로 대화를 나누는 것이야말로 여행길은 즐거워지고…… 또는 여러분 이제부터 '저것이 나쁘다, 이것이 나쁘다'라고 보지 말고 좋은 곳만 보도록 합시다. 그것이 당신을 태양처럼 건강하게 하는 것입니다."라고 쓰고 있다.

이 책은 젊은이에서 노인에 이르기까지 읽으면 읽을수록 좋은 책이다. 이 책 속에는 인생의 살아가는 방법이 있고 어려움을 극복하는 방법이 있다. 세상이 크게 변하고 수백 년이 지난다 하여도 진리는 만고불변의 것이다.

나는 30년이 지난 지금도 이 보석 같은 내용이 담긴 책을 가까이 두고 읽고 또 읽고 있다.

독서의 나라 일본을 보며

일본 도쿄 지하철에선 책을 읽는 사람들을 많이 볼 수 있다. 손바닥만한 문고판이 주류다. 세계적인 독서 강국임을 실감한다.

최근 일본의 『요미우리(讀売)』 신문이 독서 주간(2008.10.27~11.9)을 앞두고 실시한 여론조사 결과에 따르면 일본 국민의 54%가 한 달 동안에 한 권 이상의 책을 읽는 것으로 나타났다. 지난해 같은 기간에 비하면 6% 증가한 것이다. 두 권 이상 읽은 사람은 14.6%, 세 권 이상도 10.4%나 됐다.

책을 읽는 이유로는 '지식과 교양 함양을 위해서'(47%)가 가장 많았다. 그 밖에 '재미있어서'(32%), '취미를 살리기 위해'(27%), '일을 잘하기 위해'(22.4%), '세상 돌아가는 것을 알기 위해'(15.2%) 등의 순으로 나왔다. 인터넷 서점이 늘고 있지만 '서점에서 직접 고른다'는 사람이 40%로 가장 많았다.

일본의 출판사들은 독자들의 독서 취향에 맞춰 실용, 교양서에 주목하고 직장생활이나 대인관계 재테크 등 유익한 정보들을 담은 책들을 부지런히 제공하고 있으며 대형 출판사인 이와나미서점과 고단샤(講談社) 등에서는 연간 중형 문고판을 2,000종 이상 발행하고 있다. 독자들의 취향과 주머니 사정을 고려한 이 책들은 한 해 2,000만 부가 팔리고 있다고 하니 일본이 책 읽는 나라라는 것을 짐작할 수 있다.

일본은 올해 17년째 '국민독서운동'을 펴고 있다. 이 일엔 정부, 정치권, 민간단체가 하나되어 "어린이와 젊은이가 책을 읽지 않는 나라는 미래가 없다"는 기치하에 운동을 해나가고 있다. 1993년 일본의 출판, 도서관, 어머니 단체들이 이런 슬로건으로 단체를 결성했다. 그 해 한 달 평균 초등학생 독서량이 6.4권, 중고생은 1.7권, 1.3권에 불과했던 것이 2008년에는 초등학생 독서량이 한 달 평균 무려 11.4권 중고생은 3.9권으로 상승 작용을 했다.

나는 어느 해 도쿄 신주쿠(新宿)의 기노쿠니야(紀伊國屋) 서점에서 『아침의 독서 46개교의 기적(朝の読書46校の奇跡)』, 『아침의 독서 실천 가이드북(朝の読書実践ガイドブック)』을 구입하여 읽게 되었다. 이 아침 독서는 1988년 지바현(千葉県)의 여교사 오쓰카 사다에(大塚貞江)가 자기 반에서 수업시간 전에 10분씩 도입한 것이다.

결과는 대성공이었다. 그리고 『아침의 독서가 기적을 낳다(朝の読書が奇跡を生んだ)』가 간행되면서 1995년 9월 '아침 독서운동'이 시작되었다.

'오쓰카' 씨는 '아침 독서여 정말 고맙다'라는 제목으로 실천 보고서를 썼고 매년 연말에는 학생들에게 아침 독서에 대해 감상문을 쓰게 했는데 그중에서 "아침 독서는 정말 나에게 기적을 갖게 했다고 생각한다. 아침 독서야, 정말로 고맙다."라는 글은 아침 독서가 학생들에게 준 영향력을 단편적으로나마 짐작하게 한다.

1993년 『아사히(朝日)』 신문이 이를 칼럼에 소개하자 전국에서 동참한 학교가 2001년 3,000개교에서 2002년에는 1만 개로 증가하기 시작했다. 1997년 7월에는 마침내 아침독서추진위원회, 아침독서전국교류회, 실천연구회 등이 발족하여 아침 독서 보급 활동이 본격적으로 전개되었다.

1년이 지난 1998년에는 4월 현재 아침 독서에 참여하는 일본의 초, 중, 고교는 26,000개교(70%), 공립초등학교 참여율은 94%나 된다. 그 결과 2008년 초등학생의 한 달 평균 독서량은 무려 11.4권, 중학생은 3.9권으로 올랐다. 일본은 이후 '어른 독서'로 눈을 돌렸고 2010년을 '국민독서의 해'로 정해서 '책 읽는 나라 일본을 만들자'는 운동이 전개되고 있다.

한국도 2009년 새해를 맞이하여 조선일보와 문화관광부가 '책 함께 읽자'라는 슬로건을 걸고 독서 캠페인을 펼쳤고 독서 실태 조사도 실시했다. 교보문고에는 '책은 사람이 만들고 책은 사람을 만든다'를 내세워 관심을 끌게 하고 있다. 그러나 우리의 독서력 수준은 아직도 미미한 편이다.

이웃 나라 일본의 좋은 제도를 도입하여 연구하면서 정부를 비롯하여 학계, 출판계 그리고 국민 모두가 하나 되어 지속적인 독서운동을 전개하여 '책 읽는 나라 한국'이 되도록 해야 한다.

일본 못지않게 한국의 지하철에서도 많은 승객이 책을 읽는 풍경을 보고 싶다.

디지털 시대의 편지 문화

　요즘처럼 이메일, 전화, 스마트폰, 인터넷 등 디지털 시대에 무슨 편지 쓰기냐고 하는 사람들이 있을 것이다. 그러나 상대를 생각하면서 손수 편지를 쓴다든가, 정성스레 쓴 마음을 담은 편지를 받는다면 그렇게 반가울 수가 없다. 편지를 받게 되면 우선 보내온 사람을 떠올리며 읽게 된다.

　편지를 습관적으로 쓰는 사람은 좋은 사람을 만날 수 있다고 한다. 또, 직접 편지를 쓰면 어휘가 늘고 인맥도 늘어나고 부드러운 마음 쓰임도 생겨난다. 편지의 장점은 직접 말하기 곤란한 일도 솔직하게 표현할 수 있다. 직접 편지를 쓰면 사고방식이나 생활방식도 돌이켜 볼 수 있을 뿐만 아니라 주고받은 편지를 통해서 서로를 더 잘 알게 된다.

나는 일본의 양식 있는 지식인들과 수십 년 폭넓게 교류하면서 주고받은 수백 통의 편지를 나의 작은 서재에 보관하고 가끔 읽을 때가 있다. 그 편지글을 통해서 일본의 편지 문화는 물론 그들의 마음가짐도 이해할 수 있었다.

마음속에 우러나온 정성이 담긴 편지는 상대에게 꽃다발을 증정하는 것과 같다고 한다.

다음은 일본 지인이 보낸 편지글의 일부다.

　　송 선생님 삼가 새해를 맞아 인사드립니다. 그간 건강하게 활동하고 계신지요. 저는 지난해 말 NHK를 퇴직하고 대학 시간 강사를 하고 있습니다.

　　저의 인생은 제2차 세계대전과 전후 수년을 제외하고는 행복하게 지내온 편입니다. 특히 방송일로 세계 여러 사람과 교류하면서 지내온 것을 매우 기쁘게 생각하고 있습니다. 저의 주변에는 존경하는 몇 분이 있는데 한국의 송 선생님도 제가 존경하는 한 분입니다.

　　저는 선생님에게서 많은 것을 배웠습니다. 특히 역사적으로 한국과 일본의 관계가 좋지 않은 데도 개의치 않으시고 저를 따뜻하게 대해주시고 한·일 교류 활동 등 가교 역할을 다년간 해주셨습니다. 저는 선생님의 큰 뜻을 배우려고 합니다. (생략)

　　　　　　　　　　　　　　　　　　　　　도요시마(豊嶋)

디지털 시대에 무슨 편지냐는 생각을 접고 학교에서 편지쓰기 지도로 옛 스승이나 멀리 떨어진 친구, 일선 장병들에게 직접 쓴 따뜻한 위문편지를 써 보낸다면 교육적으로도 얼마나 좋을까 생각해본다.

니시모토 교수와의 여행

    일본의 양식 있는 지식인들과 상호교류하면서 함께 일본과 한국을 번 갈아 몇 차례 여행한 적이 있다. 그중 추억에 남는 여행을 하나 소개하고 싶다. 함께 여행한 일본 친구는 십년지기로 미국 컬럼비아대학교를 나오 고 일본 도카이(東海)대학 교수다. 그는 한국의 새마을 운동에 관심을 가 진 자로 아시아에서 개발협력의 제문제로 한국의 새마을 운동과 지역 사 회개발에 대해 책으로 소개한 바 있다.

    그는 1997년도에 내가 방송일로 잠시 부산에 머물고 있을 때 서울에 왔다가 나를 만나기 위해 부산까지 찾아왔다. 우리는 마침 주말이어서 오랜만에 1박 2일 예정으로 진해를 경유하여 경남 마금산 온천과 진주산 성을 다녀왔다(가능한 한 개발되지 않은 지방을 다녀오기로 하고). 승용차보다는 시외버스를 이용했다. 초여름의 신록과 차창 밖의 경치가 상쾌하고 아름다웠다.

니시모토 교수도 마냥 즐거운 표정이었다. 진해에 가까워지자 일본의 국화인 많은 벚나무를 보고 놀라워했다.

버스는 시골의 비포장도로를 달려 마금산 온천에 당도했다. 제법 시골 풍경이었다. 그런데 숙박할 온천장을 찾았으나 각지에서 모여든 관광객으로 밤 10시가 넘어서야 방이 난다고 하여 우리는 예약을 해놓고 가까이에 있는 공터의 허름한 노천 식당 평상에 자리를 잡았다. 우리는 막걸리를 기울이면서 주로 한일관계와 교육 문제를 논했다.

여름밤 하늘에서 수많은 별들이 쏟아졌다. 어렸을 때 시골 고향에서 보고 처음 보는 밤하늘이었다.

우리는 밤늦게 예약된 온천장 온돌방에서 함께 잠을 청했다. 니시모토 교수는 온돌방이 신기한 모양이다. 그런데 아침에 일어나니 니시모토 교수는 모기 때문에 잠을 설쳤다면서 웃었다. 나는 이상하게도 모기에 물리지 않고 잘 자서 미안했다.

우리는 일찍이 서둘러 온천욕을 하는 둥 마는 둥 물만 뿌리고 나와 다음 행선지인 진주행 버스에 몸을 실었다. 떠난 지 30여 분 후에 진주 근처에 다다르자 남강물이 흐르고 진주성지가 보이기 시작했다. 진주성지는 임진왜란 당시 3만 명의 일본군이 대패했고, 두 번째는 우리 측의 6만이나 되는 희생자를 낸 경상도 서남방 비극의 요충지다. 우리는 멀리 보이는 진주성을 향해 남강변을 따라 걸어 올라갔다.

촉석루 의기사(義妓祠: 임진왜란 당시 왜장과 함께 남강에 투신한 충절의 여인 논개 영전과 위패를 모신 사당), 의암(義巖: 논개가 왜장을 유인하여 남강물로 투신했다는 바위), 창열사, 국립박물관 등을 차례로 돌아보았다.

니시모토 교수는 논개가 왜장을 유인하여 남강물로 투신한 바위(의암)에 올라서서 유유히 흐르는 남강물을 한참 동안 응시하고 있었다. 나는 그가 무엇을 생각하고 있었는지에 대해선 묻지 않았다. 우리는 이 고장의 유명한 장어구이와 함께 늦은 점심을 마치고 왁자지껄한 시외버스를 타고 돌아왔다. 니시모토 교수는 이번 여행은 매우 즐거웠고 평생 잊을 수 없는 여행이었다면서 매우 만족한 표정이었다.

한국인, 일본인이 함께한 짧은 여정이었지만 평생 추억에 남는 여행이었다. 지금도 밤하늘에서 무수한 별이 쏟아지고 있다.

인사동과 아사쿠사

　도쿄의 아사쿠사(浅草)와 서울의 인사동(仁寺洞) 골목은 고풍(古風) 향기가 묻어 있는 전통문화의 거리라고 할 수 있는 곳이다. 그래서 아사쿠사와 인사동에는 일본인과 한국인을 비롯해 외국의 많은 관광객이 찾고 있다.

　도쿄의 아사쿠사는 가장 일본적인 체취를 느낄 수 있는 곳으로 아직도 오래된 가옥과 상점이 많이 남아 있어 에도시대의 전통과 일반 서민들의 생활 모습을 찾아볼 수 있다. 그래서 1년 내내 젊은이들과 관광객으로 북적이는 곳이다.

　아사쿠사 중심부에는 센소지(浅草寺)라는 사원이 있다. 이곳에서 '천둥의 문'이라고 하는 가미나리몬(雷門)에 들어서면 나카미세(仲見世; 신사·

사찰경 내에 있는 상점)가 나온다. 이 거리는 가미나리몬에서부터 본당이 있는 호조몬(宝蔵門)까지 쇼핑 거리다. 일본의 전통 공예품, 기념품, 도자기, 인형, 부적, 과자 등을 파는 가게가 수를 헤아릴 수 없을 정도로 옹기종기 몰려 있고, 기모노(着物), 유카다(浴衣), 게타(下駄) 등 모두 전통적인 물건이 많다.

에도시대부터 있었다는 초밥용 칼 만드는 가게 등을 비롯하여 골목골목마다 100년 이상 된 상점들이 즐비한다. 이 거리를 걷다 보면 마치 에도시대의 번화가에 와 있다는 느낌이 든다.

나카미세 뒤편에는 도쿄 시내 명찰 중의 명찰 센소지(浅草寺)가 보인다. 사원이라고는 하지만 한국과 달리 불상(佛像)은 보이지 않고 단지 불교적 장식과 향불만 타오르고 있을 뿐이다. 센소지 본당 안에 모셨다는 불상은 백제 '관음상'이다. 이 많은 참배객들은 향을 피우고 중얼중얼 기도하고, 또 한편에서는 점을 보는 사람들로 북적거린다. 그러나 일본인이나 한국인들 대부분 그 누구도 관음상을 모신 인물이 '7세기 백제인 히노쿠마노 하마나리(浅前浜成)와 히노쿠마노 다케나리(浅前武成) 형제'라고 하는 사실(史實; 이 사찰의 본존연기[本尊緣起]에 있음)을 모르고 있다.

서울의 인사동도 일본의 아사쿠사와 같이 한국의 전통문화를 간직한 곳으로 골목 풍경을 보기 위해서 일본인을 비롯해 많은 외국 관광객이 붐비고 있다. 인사동 초입에 들어서면 골목길 양옆으로 서화랑, 미술관, 골동품 가게, 필방, 지물포, 공예품, 기념품 가게 등이 즐비하여 한국 문화의 향기를 풍긴다. 골목길 안쪽으로 들어가면 한국의 전통음식인 한정식집들이 있다. 음식점의 구조도 한국의 전통 양식으로 나무기둥에 기와지붕으로 나지막한 집들로 일본인들도 쉽게 친숙해질 수 있는, 재미있는 풍경들이다.

　나는 인사동을 곧잘 찾아 골목길을 거닐곤 한다. 서울 어느 곳에도 볼 수 없고 느낄 수 없는 것들이 이 골목길에서 볼 수 있기 때문이다. 그런데 최근 인사동 골목 풍경이 퇴색하고 있다는 생각이 든다. 아트센터, 커피 체인점, 패션몰, 현대식 건물 등의 접근을 차단하여야 한다. 낡고 허름하되 정감을 느끼고 들여다보는 재미있는 분위기를 유지해야 한다. 그렇지 않으면 일본인 중국인들을 비롯해 많은 외국 관광객들이 찾지 않을지도 모른다. 서울 한복판 거리의 고풍(古風), 고색(古色)이 숨 쉬는 인사동 골목길을 생각하면서…….

제4부 일본 속 한민족문화

일본 속 한민족문화

    말로만 듣고 책에서만 보아 온 일본 속의 우리 문화를 찾아보기 위해 1994년 5월 1일 일주일 예정으로 일본을 다녀왔다. 홀로 가벼운 옷차림에 배낭 하나를 메고 떠났다.

    그리고 그 후 미뤄왔던 대마도(쓰시마: 対馬)를 1999년 9월 29일 2박 3일 예정으로 다녀왔다. 여기 소개하는 내용은 기행문 본문 중에서 발췌한 요약본이다.

    도쿄에 도착한 첫날 저녁에는 평소 가깝게 지내온 NHK 방송부장 미즈카미(水上) 씨와 저녁 식사를 하며 여행지의 교통편, 현지 사정에 대해서 이야기를 나누었다(물론 이미 자료를 준비하였지만).

■ 왕인 박사 추모비

다음 날 일찍 서둘러 우에노(上野) 공원 안에 있는 왕인(王仁)박사 추모비를 찾았다. 왕인 박사는 백제 14대 근구수왕 때의 학자로 일본 15대 오진천황(応神天皇) 때 『논어』와 『천자문』은 물론 불교, 유학 등을 전수(傳授)하고 가요를 창시하는 등 일본문화 발전과 창달에 크게 기여했다. 훗날에는 황태자의 정치 고문이 되고 아스카(飛鳥) 문화의 원조가 되기도 했다. 나는 추모비 앞에서 머리 숙여 예를 올리고 다음 행선지인 고마신사(高麗神社)로 떠났다.

고구려 왕족 약광(若光)이 일본에 왔다가 고구려가 멸망하자 고국으로 돌아가지 못하고 이곳에 이주한 고구려인들과 황야를 개척하여 고마군(高麗郡)을 설치하였다 하여 그의 덕(德)과 영혼을 기리기 위한 곳이 고마신사다.

■ 고마신사 입구의 도리이(鳥居)

■ 고마신사 입구에 우뚝 서 있는 장승

교토에 있는 미미즈카(귀무덤)

다음 날에는 빠르기로 이름난 신칸센(新幹線)으로 교토(京都)로 떠났다. 교토는 천 년 역사와 현대가 공존하는 곳으로 사원(寺院)과 신사(神社)가 1천 3백여 개나 될 만큼 전통과 문화유산을 간직한 도시다.

교토를 개척한 사람들은 우리 선조들이다. 교토의 유명한 고류지(広隆寺)에는 신라계라고 밝혀진 일본 국보 1호인 목조미륵보살반가상과 통일신라시대의 여래입상과 불상이 소장되어 있다. 또 마쓰오 대사(松尾大社)는 맨 처음 일본에 술 만드는 기술을 전해 준 신라 출신 도래인을 신으로 받들고 있는 곳이다.

나는 여기까지 온 김에 미미즈카(耳塚)라 불리는 귀무덤을 찾았다. 이

귀무덤은 도요토미 히데요시(豊臣秀吉)에게 전과(戰果)를 확인시켜주기 위해 전투요원도 아닌 많은 나약한 한국 사람들의 코와 귀를 베어다가 바쳤다는 무덤이다. 이 귀무덤을 보고 돌아오는데 발길이 너무나 무거웠다. 세상에 이렇게 잔인무도한 사람들이 또 어디에 있단 말인가?

발길을 돌려 아스카와 교토 사이에 있는 나라(奈良)로 떠났다. '나라'라는 말은 우리 말로 국가를 의미하는 '나라'에서 비롯된 것이라고 한다. 이 지역도 일찍이 한반도, 특히 백제인이 이주하여 문화의 꽃을 피운 곳이다. 지금도 구다라(백제: 百濟)라는 마을에 옛 궁궐과 사찰이 있다. 또 호류지(法隆寺)라는 대사찰은 쇼토쿠 태자(聖德太子)의 부왕인 요메이(用明) 천황의 명복을 기리기 위한 것으로 일본에 이주한 우리 한민족의 기술에 의해서 만들어졌다고 한다. 또 한편 사원 한복판에 있는 금당과 오층탑도 백제로부터 건너간 기술자들에 의해 만들어졌다고 하며, 금당 벽화도 고구려의 명승인 담징(曇徵)이 그렸다고 전해오고 있다. 그리고 유명한 도다이지(東大寺)를 건립하는 데에 4년이나 걸렸는데 이 또한 도래인 신라계 사람들에 의해 지어졌다.

나는 여기에서 하룻밤을 지내고 다음날 일본의 현관인 후쿠오카(福岡)를 거쳐 조선 도공의 애환이 서린 곳, 아리타(有田)로 갔다. 일역(一力)이라는 일본 전통여관 다다미방에서 하룻밤을 지내고 다음 날 서둘러 도산사(陶山寺)를 찾았다. 경사진 돌계단 양쪽의 도자기로 만든 석등이 눈길을 끌었다. 나는 경건한 마음으로 머리 숙여 참배를 올렸다.

이삼평은 임진왜란 때 끌려 온 도공 가운데 한 분으로 아리타에서 자광(磁鑛)을 발굴하여 일본에 처음으로 자기(磁器) 만드는 기술을 전한 분

■ 이삼평을 섬기는 도산사. 도자기의 석등이 이채롭다.

이다. 일본의 도예문화가 발전한 대표적인 곳으로 도공들을 추모하는 도공지비(陶工之碑)도 세워져 있다. 그런데 일정 관계로 규수 남단 가고시마(鹿兒島)에 있는 심수관도원(沈壽官陶院)에 가보지 못한 것이 못내 아쉬웠다.

1999년 9월 29일에는 벼르던 대마도를 2박 3일 일정으로 다녀왔다. 대마도는 제주도나 울릉도보다도 가까운 위치에 있는 섬으로 조선통신사(朝鮮通信使)의 흔적이 가득한 곳이다.

고려 말기엔 대마도인들로 큰 피해를 입어 두 차례나 정벌을 단행했다고 한다. 조선 세종 때는 당시 대마도의 지배인 소 요시토모(宗義智)의 항복을 받은 후 100년 이상 우호 관계 속에서 교역을 했고 이곳 사람들의 국교 재개에 앞장서 노력한 결과 250여 년간 우호 관계가 지속되었으며, 우호의 상징으로 통신사(通信使)가 왕래하였다. 그로 인해 도쿠가와(德川) 정권과 평화가 유지되어 우호 관계가 지속되었다고 한다.

해신사(海神社)와 민속박물관을 돌아보고 한말의 의병장 최익현(崔益鉉) 선생의 순국비가 있는 곳도 찾아보았다. 최북단의 바닷가에 위치한 히타카쓰(比田勝) 국민 숙사의 다다미방에서 파도소리를 들으며 하룻밤을 지내고 귀국하였다. 그런데 잠들기 전에 아메노모리 호슈(雨森芳州)가 주장한 성신지교린(誠信之交隣)이 문득 떠올랐다.

성신지교린(誠信之交隣)이란 아메노모리 호슈가 쓴 『교린제성(交隣提醒)』 책 첫머리에 "조선과의 교제의 의(義)는 우선 인정의 흐름을 아는 것이 아주 긴요하다."라고 나와 있다. 나아가 "성신(誠信)의 교류는 서로 속이지 않고, 싸우지 않고, 진실을 가지고 사귈 때 이루어질 수 있는 것이

■ 대마도에 있는 조선 역관사 순국비

라고 할 수 있다."고 하여 성실과 믿음의 교류를 주장하였다.

　나는 일본 속의 한국 문화기행을 통해서 놀랄 만큼 많은 우리의 문화와 관련된 유적, 유물이 곳곳에 깔려 있다는 것을 확인할 수 있었고 일본 문화와 우리 문화는 공통된 뿌리 속에 있다는 사실을 확인할 수 있었다. 또 우리 조상들의 선진 지식과 기술을 전해주어 그들의 문화 형성 발전에 기여한 사실도 새삼 확인할 수 있었다.

남도 문화기행

　남도의 문화유적지를 2박 3일 일정으로 다녀왔다. 고희를 넘긴 11명
의 일행들이 소풍 가는 기분으로…….

　신록이 무르익어 더욱 싱그러운 산야(山野)를 보면서 지루하지 않게
서울을 떠난 지 5시간 30분 만에 목포에 도착했다. 그리고 쉴 틈 없이 렌
터카로 옮겨타고 유달산에 올랐다. 삼학도(三鶴島)가 시야에 들어왔다. 섬
과 섬이 다리로 이어지고 주변 대로가 뚫리고 목포는 달라지고 있었다.

　유달산을 잠시 들린 후 우수영(右水營)을 지나 물살이 세다는 울돌목
에 들렀다. 충무공 이순신 장군이 이끈 거북선단이 왜선과 싸워 승리를
거둔 곳, 거친 물살을 이용하여 통쾌한 승리를 이끈 곳으로 유명하다. 마

침 들렀을 때는 썰물이 시작되려는 시간이어서 물은 잔잔하였다.

잠시 후 울돌목을 뒤로 하고 추사 김정희(秋史 金正喜) 선생이 기거하며 그림을 그렸다는 운림산방(雲林山房)을 찾았다. 그 이름처럼 아름다운 산자락에 고즈넉한 옛날 초가집의 아담한 풍경이 그림보다 더 아름답고 포근하였다. 계절 따라 다른 얼굴로 맞아 주는 산과 계곡, 연못의 아름다움에서 받은 감흥이 명작으로 이어진 것 같았다.

우리는 해남에서 일박을 하고 터미널 근처의 모녀가 운영한다는 콩나물 해장국 집에서 아침 식사를 하였다. 작은 주막집 같았지만, 해장국의 콩나물이 부드러웠고 그런대로 정갈하였다.

아침 식사를 마치고 우리나라의 최남단 땅끝 토말(土末)을 찾았다. 생각보다는 꽤 멀었다. 보길도(甫吉島) 가는 배를 빨리 타고자 서둘렀다. 해남을 출발하여 1시간쯤 걸려 땅끝에 도착하였다. 가파른 길을 고치고 전망대도 새롭게 조성해 놓고 있었다.

땅끝 마을 갈두항(葛頭港)은 이름 없는 조그만 어항에서 일약 대형 페리호가 들고 나는 번화한 항구가 되었다. 여러 섬으로 생활용품을 실은 차량, 관광객을 실은 소형버스 등이 북적거리고 있었다.

보길도 고산(孤山)의 유적지를 서둘러 돌아보았다. 우리 전통 조경의 상징처럼 여겨지는 세연정(洗然亭)과 판석보(板石洑) 앞에서는 프랑스의 조경이나 일본의 조경이 대단하다고 생각했던 사람들도 숙연해진다고 한다. 우리 선조들의 조경미에 대한 안목이 대단하구나……! 감탄하지 않을 수 없었다.

자연의 지형과 돌을 이용하여 자연스럽게 물길을 돌리고 못과 정자를 짓고 나무를 가꾼 '자연순응의 분위기는' 아늑하면서 시원하였다. 다음

날에는 강진의 청자 도요지를 돌아보고 영랑(永郎) 생가를 찾았다. 조촐한 시골집, 어릴 때 살던 고향 마을과 같은 분위기였다. 옛날 우물, 감나무, 돈나무…… 등 영랑 생전에 그가 아끼던 나무들이 좋았다.

〈모란이 피기까지는〉

- 김영랑 -

모란이 피기까지는
나는 아직 나의 봄을 기다리고 있을 테요
모란이 뚝뚝 떨어져 버린 날
나는 비로소 봄을 여읜 설움에 잠길 테요
오월 어느 날, 그 하루 무덥던 날
떨어져 누운 꽃잎마저 시들어 버리고는
천지에 모란은 자취도 없어지고
뻗쳐 오르던 내 보람 서운케 무너졌느니
모란이 지고 말면 그뿐, 내 한 해는 다 가고 말아
삼백예순 날 하냥 섭섭해 우옵네다
모란이 피기까지는
나는 아직 기다리고 있을 테요,
찬란한 슬픔의 봄을

1903년생 1950년 9월 28일 수복 때 서울에서 총탄 파편을 맞아 생(生)을 마감하기까지 그가 남긴 시(詩)는 80여 편에 불과하다. 시인(詩人)에게 작품의 양이 중요하지 않다. 구태여 작품이 많아야 할 필요는 없다. 영랑 김윤식(永郞 金允植)은 「모란이 피기까지는」 한 편으로 길이 남는 자랑스러운 시인(詩人)이 되었다. 이 시 한 편으로 강진(康津) 사람들은 그를 자랑스러운 강진 사람으로 받들면서 허물어진 그의 생가(生家)를 복원(復元)하고 그가 아끼던 나무들을 보호(保護)하며 '영랑 생가(永郞 生家)'를 가꾸면서 지키고 있다.

우리 일행은 마지막으로 영랑 생가를 돌아본 후 강진의 명물인 짱뚱어 요리로 점심을 마치고 1시간 걸려 목포에 다시 돌아와 KTX를 이용하여 돌아왔다.

짧은 일정이었지만, 싱그러운 남도의 훈풍을 따라 다녀온 여유(旅遊) 길은 고희 넘긴 일행들에게 풍성한 즐거움을 안겨 준 뜻있는 문화기행이 아닌가 싶다(2004년 4월, 2박 3일 남도 기행을 마치고).

금산의 벚꽃 잔치

매주 금요일마다 등산하는 모임이 있다. 직장에서 정년을 마친 사범학교 동창들이다. 사범학교 출신으로 대부분 교직인들인데 이 산행 모임은 공교롭게도 직업이 다양하다. 대학 학장, 고위 공직자, 초중고 교장, 언론인, 방송인 등으로 10여 명의 회원이 산행을 한 지 20여 년이 넘었다.

이 등산 모임을 금요 등산이라고 하고 있다. 처음에는 건강을 위해 시작하였지만, 친구들과의 만남이 좋아서 열심히 다니고 있다. 우리 금요 등산 모임은 주로 서울 근교 산을 오르지만, 일 년에 서너 번은 기차를 타거나 버스를 이용하여 지방에 있는 산을 오르기도 한다.

지난봄에는 충남 금산군 북면의 산벚꽃 축제에 다녀왔다. '산벚꽃 축

제'는 금산 문화원 주최로 열리는데 한국의 최대 산벚꽃 군락지라고 한다. 금산(錦山)의 산야는 이름 그대로 비단처럼 아름다운 곳이다.

금산은 인삼으로도 유명하지만, 특히 칠백의총(七百義塚)으로 유명하다. 칠백의총은 임진왜란 때 희생된 고(故) 경명, 조헌, 승장(僧將) 영규 등 700 장병의 유골을 합장 한 곳이다.

기차로 대전역에 내리자 대기하고 있던 마이크로버스에 몸을 싣고 1시간 정도 달렸다. 차창 밖의 아름다운 산야를 보는 사이 신안리 산벚꽃 단지에 접어들었다. 200만 평이 넘는다. 넓은 산을 산벚꽃들이 산자락마다 하얗게 뒤덮고 있다. 산이 아니라 웅대한 화봉(花峰)들이다.

야! 하고 모두들 탄성이 쏟아졌다. 이 산벚꽃들은 생김새, 색감, 크기, 피고 지는 시기가 각각 다르기 때문에 4~5월 내내 은백색으로 온통 산을 덮고 있다니 그 빼어난 경관을 상상할 수가 없었다. 우리는 새하얗게 물든 꽃길을 따라 꽃향기로 심호흡하며 보곡산골의 정상에 올랐다.

산에는 산꽃이 피네
산 벗이 오네
아름다운 금산의 자연과 사랑하는 산 사람들이 하나가 되어
꽃이 되고, 술이 되고, 노래가 되어……

나무에 꽃으로, 머리에 산벚꽃, 조팝꽃, 진달래꽃 그리운 참꽃, 생강나무꽃 등, 시의 제목들이다.

우리 일행은 나무에 걸려 있는 시를 감상하고 산에서 내려오다 서울

에서 낙향한 시인의 집을 찾았다. 서울에서 집을 팔아 이곳 아름다운 산자락에 집을 지었다. 정원도 가꾸고 연못도 만들고 정자도 지었다. 이곳에서 노후를 보내면서 글도 쓰고 정원의 꽃을 가꾸면서 여생을 보낼 생각으로 집터를 잡아 꾸며 놓았단다. 그런데 애석하게도 몇해 전 세상을 떠났다고 한다. 돌담, 연못, 정자, 온갖 꽃들 그 시인의 손길이 닿지 않은 곳이 없었다. 나는 시인의 애석함과 인생의 무상함을 시인의 집에서 느꼈다.

첫 나들이 싱가포르

나는 방송 연수 관계로 1975년 싱가포르에서 3개월간 체류한 적이 있다. 그 시절에는 한국의 경제가 너무 어렵고 국내에선 새마을운동이 한참 벌어지고 있을 때였다.

그래서 비자를 받아 외국에 나간다는 것은 상상도 할 수 없는 시대였다. 물론 지금은 경제가 향상되고 국제화 시대로 하루에도 수십만 명이 출국하고 있지만.

생전 처음의 해외 출국이라 긴장과 호기심으로 김포공항을 떠나 홍콩에서 하룻밤을 지내고 싱가포르 공항에 도착했을 때는 한낮이었다. 공항을 빠져나오니 너무나 무덥고 찌는 날씨에 기후의 차이를 느낄 수 있었다. 그런데 시내를 들어서니 온갖 꽃들과 열대식물들로 그렇게 깨끗

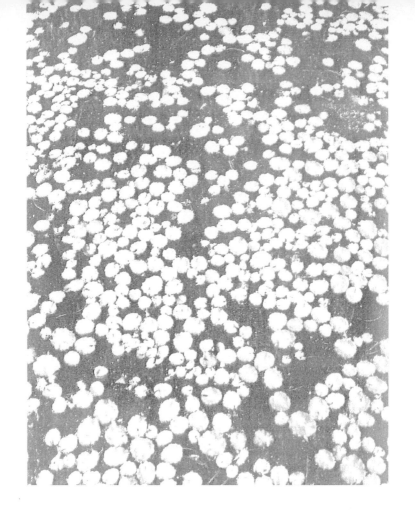

할 수가 없었다. 듣던대로 싱가포르는 가든 시티라는 것을 실감할 수 있
었다.

샹그릴라(Shangri-La) 호텔에 짐을 풀고 다음날 연수장으로 갔다. 호
텔을 나오다 보니 바로 뒤편에 북한대사관이 보였다. 꽤 큰 단독 건물에

앞마당의 잔디 정원도 넓었다. 그런데 정면에 대문짝만한 김일성 주석의 사진이 걸려 있어 놀랐다. 그 당시 한국대사관은 빌딩 안의 조그마하고 초라한 사무실이었다.

연수장을 향해 큰길로 접어드는데 앞서가던 키가 큰 서양인 남녀가 갑자기 걸음을 멈추더니 한참 동안 포옹을 하면서 진한 키스를 하는 것이었다. 그것도 밝은 아침 대로변에서. 우리는 질겁을 하면서도 이국에 온 것을 실감했다. 내가 자라고 살아온 한국은 그때만 해도 머리가 길거나 짧은 스커트를 입거나 남녀가 손을 잡고 걸어도 풍기문란으로 단속하던 시절이었다. 그래서 지금도 그 광경이 잊혀지지 않고 있다.

방송연수는 CEPTA-TV 독일재단에서 주관하는 성인교육(Adult Education) 프로그램 제작 연수였다. 한국, 태국, 말레이시아, 인도네시아, 필리핀, 싱가포르 등 6개국에서 2명씩 참석하여 3개월간 진행되는 연수였다. 일요일에는 모두가 함께 관광도 다녔고 또 중국계 카메라맨인 윌리라는 친구가 집을 떠나온 우리들의 외로움을 생각하고 가끔 찾아와 시내 관광도 안내해 주고 자기 집에도 초대하는 등 친절을 베풀어 주었다.

나는 싱가포르에 머무는 동안 싱가포르가 어떻게 이렇게 깨끗하고 잘 살게 되었는지에 대한 관심이 더 컸다. 싱가포르는 19세기 중엽부터 200여 년간 영국 식민지 지배를 받았다. 그리고 제2차 대전 중인 1942년에는 일본군에 함락되어(3년 반 동안 일제 점령기였다) 소남도(昭南島)로 불렸다.

종전 후, 다시 영국의 식민지였다가 말레이 연방 안에서 정부를 세우고 1965년 싱가포르가 분리 독립되었다. 이처럼 싱가포르는 영국과 일본의 식민 지배를 번갈아 받아온 나라다.

그런데 영국의 식민 정책인 간접 통치에 비해 일본은 일본어를 국어로 교육시키고 황국 시민을 만들기 위해 동화 정책을 강하게 실시한 탓에 일본에 대한 감정이 그렇게 좋은 편이 아니었다. 그리고 그들도 일본의 군국주의 침략으로 희생된 넋을 기리고 그때를 잊지 않기 위해 위령탑을 세웠다(전쟁기념공원 안에 세워진 젓가락 탑〔chop stick tower〕).

싱가포르는 국토 면적이 서울 크기에 인구 530만여 명으로 천연자원은 거의 없고 식수까지도 이웃 나라 말레이시아에서 40%를 수입하고 있다. 그런데 국민소득(GDP)이 5만 달러로 한국의 2배다(2012년). 작은 국가지만 가장 경쟁력 있는 개방 국가로 탈바꿈하여 세계의 경영자들이 이 작은 도시국가를 혁신과 발전의 모델로 삼고 있다.

그것은 '국부(國父)'로 불리는 리콴유(李光耀) 전 총리가 시행한 부정부패의 과감한 척결과 국민복지 정책 등의 결과가 아닌가 싶다.

어쨌든 내가 싱가포르에 특별히 관심을 갖고 있는 것은 그렇게 작은 국가이면서 세계에서 가장 사업하기 좋은 경쟁력 있는 개방 국가로 탈바꿈한 데 있다. 부정부패의 과감한 척결과 국민복지정책 등 지금 싱가포르는 미국, 영국, 일본과 같은 일등 국가를 목표로 도약하고 있다.

지금은 누구나가 자유롭게 세계 어느 곳이든 나갈 수 있는 세상이 되었지만, 나는 그 어려운 시기에 일찍이 싱가포르에서의 생활을 통해서 세상 밖에 눈을 뜨게 되었고 아시아의 여러 회원과의 우정도 나눌 수 있었다.

유럽에서 만난 일본인

 평생 근무하던 직장에서 정년을 마치고 집사람과 유럽여행을 다녀왔다. 유럽 4개국 9일간의 여정으로 파리, 로마, 피렌체, 베니스, 밀라노를 거쳐 인터라켄으로 이동하여 만년설이 뒤덮인 유럽 지붕인 융프라우에 올라갈 때였다. 나고야(名古屋)에서 왔다는 일본인 부부를 만났다.

 알프스 최고봉인 융프라우(3,454m)는 산악열차를 타고 약 2시간 40분 가야 한다. 눈 아래 내려다보이는 만년설과 얼음동굴을 보기 위해 세계에서 많은 관광객들이 모여든다. 산악열차가 막 출발하려는데 황급히 탑승한 일본인 두 부부가 자리를 잡지 못하고 서 있어 내 자리를 좁혀 옆에 앉혔다. 무척 고마워했다. 우리는 십년지기처럼 이야기를 나누며 정상으로 올랐다. 눈 아래 내려다보이는 눈 덮인 언덕의 햇살로 눈이 시릴 정도였다. 하얀 눈을 뚫고 고개를 내민 이름 모를 꽃들도 눈에 띄었다. 눈 아래 눈 덮인 풍경을 보는 사이 정상에 도착했다. 도착하자마자 일본인 두 부부는 허리를 연신 굽히며 고맙다는 인사를 했다. 얼음동굴을 구경하는 인파 속에서도 마주칠 때마다 미소를 지으며 반가워하는 눈치였다.

다음날에는 프랑스 상징인 에펠탑(전망대)을 올라갔다. 그런데 어느 일본 여성들을 승강기 안에서 마주쳤다. 전망대에 오르는 엘리베이터를 타자마자 큰소리로 웃어대는 여성 네 명과 시선이 마주쳤다. 깜짝 놀라는 그들은 나를 보자마자 "미안합니다(すみません; 스미마센)" 하며 연신 허리를 굽혔다. 오히려 내가 미안한 감이 들었다. 모처럼 관광지에 와서 해방감을 가지고 자유로운 분위기를 냈는데, 내가 깨는 것 같아 미안하다고 했다.

마지막 날인 7일에는 루브르 대영박물관을 돌아보고 터널을 통과하는 유로스타를 이용하여 영국 런던으로 떠났다. 우리 일행은 잠시 식당 칸으로 옮겨 음료수를 마시며 쉬는데 해저터널에 대한 이야기가 화제로 떠올랐다. 그런데 융프라우의 얼음동굴도 일본의 기술에 의해서 뚫었지만, 해저터널을 뚫은 것도 일본에 의해서고 뚫은 장비의 핵심 부품이 일본의 한 노부부가 운영하는 대장간에서 만든 것이라고 했다.

어쨌든 유럽여행을 하면서 일본의 앞선 기술을 이해할 수 있었다. 또 해외에서 만나 금세 친숙해진 것은 같은 문화권에서 살면서 서로 정서, 감성이 통해서가 아닌가 싶었다.

그런데 전『마이니치』신문의 논설위원인 시게무라 도시미츠(重村智計) 씨의 말이 떠올랐다. "해외에 나가면 한국인만큼 감성이 잘 통하는 외국인은 없으며, 또 외국에 나가면 한국인과 일본인은 서로 협력이 잘 되고 사이가 좋아진다."는 말이 맞는 것 같았다.

■ 알프스 융프라우행 산악 열차 앞에서

아름다운 고궁을 걷다

  옛 궁궐을 거닐면서 선조들의 숨소리를 듣는다. 서울에는 나직하고
아담한 고궁들이 많다. 조선조 500년의 도읍지 한양–서울에는 창덕궁,
덕수궁, 경복궁 등의 옛 대궐과 그 밖의 명승고적이 많이 있어 가끔 찾아
거닐곤 한다.
  예전에는 서울을 한양이라 불렀고, 조선 태조 3년(1394년)에는 한성부
(漢城府)라 불렀다. 대표적인 경복궁, 창덕궁(유네스코 세계문화유산 1997년),
창경궁, 운현궁 등의 고궁(古宮)에는 외국인 관광객을 비롯해 수만 인파
가 모여든다.
  창덕궁 후원은 자연 지형을 살려 만든 왕실의 휴식처로 왕실의 사랑
을 많이 받은 것은 넓고 아름다운 후원(정원) 때문이란다. 이 정원은 임

진왜란 때 대부분의 건물이 화제로 훼손되었으나 그 후 인조, 숙종 등 여러 왕들이 개수하고 증축하여 현재의 모습이 되었다고 한다. 작은 연못과 정자 여러 능선과 골짜기를 오르내리며 아름다움을 느낄 수 있는 곳이다.

나는 가끔 창덕궁 후원을 걷는다. 복잡한 도심 속 넓고 아름다운 고궁이 있어 그것을 거니는 것만도 얼마나 여유롭고 행복한지 모른다. 특히 창덕궁 후원을 거닐 때에……

그런데 언젠가 밤에 왕궁에서 3, 4만 인파가 술판을 벌여 많은 국민들의 실망과 원성을 샀다. 문화재청이 시민에게 문화재의 아름다움과 고궁의 봄밤 정취를 즐기게 하려는 뜻이었다고 하였지만 문화재청의 취지나 돗자리를 깔고 술판을 벌인 입장객들이나 우리 모두 함께 이번 일을 계기로 고궁에 대한 바른 인식이 필요한 것 같다. 고궁은 유원지가 아니라는 것을……

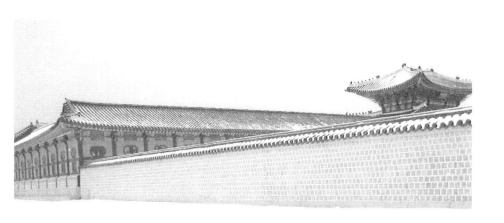

제5부 무궁화와 사쿠라

무궁화와 사쿠라

나라마다 그 나라를 상징하는 꽃이 있다. 한 국가나 국민을 상징하는 꽃은 국민의 정서나 전통, 사상을 함축적으로 표현하기 때문에 궁극적으로는 그 나라 문화의 상징적 표상이라 할 수 있다. 따라서 나라마다 제각기 다른 꽃을 가지고 있다. 한국은 무궁화, 이웃 일본은 벚꽃(桜; さくら)이다.

무궁화는 우리 민족과 더불어 살아온 꽃으로, 한국을 상징하는 꽃이다. 원래는 일일화(一日花)지만, 여름에서 가을까지 긴 기간에 걸쳐 계속 핀다고 하여 무궁화(無窮花)라는 이름을 가지고 있다. 무궁화가 한국 국화로 거론되기 시작한 시기는 구한말 개화기 때부터다.

안창호(安昌浩)를 비롯한 독립협회 등 애국단체 회원들이 우리나라의 독립을 지키고자 강연할 때마다 "우리 무궁화 동산……", "무궁화 삼천리 우리 강산……" 등으로 절규하였다. 여기에 자극받은 민중은 귀에 젖고 입에 익어서 무궁화를 인식하고 사랑하게 되었다. 이렇게 본다면 무궁화는 일제강점기를 전후하여 민족의 상징으로서 선택되었다고 할 수 있다(이상희, 『꽃으로 보는 한국문화』, 넥서스).

예부터 한반도를 근역(槿域)이라 불렀고, 근래에는 '무궁화 동산' 또는 '무궁화 삼천리 금수강산'이라고 일컬었다.

구한말과 일제 강점기 시대에 무궁화란 말은 곧 우리나라를 가리키고 우리 민족을 상징하였다. 갑오개혁 이후 신문화가 이 땅에 밀려오면서 선각자들은 민족의 자존심을 높이고 열강들과 대등한 위치를 유지하고자 국화(國花)의 필요성을 인식하게 되었다. 그리하여 남궁억(南宮檍)과 윤치호(尹致昊) 등이 서로 협의하여 무궁화를 국화로 하자고 결의하였다. 물론 많은 사람들의 의견을 집약한 것이다. 그 후, 애국가의 후렴에 "무궁화 삼천리 화려 강산"으로 불리면서 명실공히 국화로 자리 잡게 되었다.

무궁화의 특성은, 첫째 생명력이 강하다는 것이고 둘째는 은근과 끈기가 있다는 것이다. 한 번 피기 시작하면 장장 서너 달씩이나 피고 지기를 계속하여 7월~10월이 지나도 피기를 멈추지 않으니 그 은근함과 끈기는 우리 민족성에 잘 맞는 꽃이기도 하다. 오늘의 꽃이 피고 시들면 다음에 또 새로운 꽃이 대를 이어간다. 국가가 영원히 뻗어 나가고 자손만대로 이어가며 번창함을 상징하는 꽃이다.

세 번째로는 봄에 뭇 꽃들과 함께 피지 않는다. 묵묵히 때를 기다렸다가 다른 꽃들이 지고 나면 다음에 여름 햇살을 받으며 줄기차게 피는 모습도 우리 민족의 강인함을 뜻한다.

넷째 꼭두새벽에 피기 때문에 꽃이 피어나는 아름다운 모습을 여간 부지런한 사람이 아니면 볼 수가 없다. 지고 피고 나날이 새롭게 피어(日新 日新 又日新), 항상 새로움을 보여 준다. 이른바 우리 민족의 진취성을 나타내는 것이다.

다섯째 지는 모습이 깨끗하다. 지기 전에 다시 꽃봉오리처럼 단정하게 오므린 다음, 고운 자태로 송이 채 있다가 꼭지까지 빠지면서 소리 없이 떨어진다. 이와 같은 특성 때문에 무궁화는 우리 민족과 불가분의 인연을 맺게 되었다.

반면, 일본을 상징하는 벚꽃은 일본인의 정서가 반영된 꽃이다. 일본인이 사쿠라(벚꽃)를 좋아하는 정도는 가히 상식을 초월한다. '꽃은 벚꽃, 사람은 무사(武士)'라는 속담이 통용될 만큼 꽃 중의 꽃으로 사랑하며 가까이한다.

사쿠라의 어원은 꽃이 핀다는 뜻의 사쿠라(櫻)와 화창하다는 뜻의 우라라카(麗らか)의 합성에서 찾을 수 있다. 사쿠라는 장미과에 속하는 낙엽교목(喬木)으로, 중국과 한국 그리고 일본에 널리 퍼져있는 관상용 화목이다. 최근에는 한국의 제주도 한라산에서 그 원생종(原生種)의 군락지를 발견해서 널리 보도된 바 있다.

사쿠라는 꽃 이름 그대로 화창하고 흐드러지게 피고 꽃 내음을 뿌리는 아름다움을 자랑하다가 시원하게 흩어졌다가 지는 꽃이다. 그 아름다운 삶의 자태와 과정을 그들은 그렇게 사랑하는 것이다. 그리하여 그들은 사쿠라의 그 난만하게 핀 화려함과 눈처럼 떨어지는 아름다움에 취하다 못해 마침내는 그 질 때의 미련 없고 시원스런 모습을 싸움터에서 장렬하게 산화(散華)하는 용사와 대비하기까지 한다.

또한, 일본인의 성품과 합치되는 점을 공감하기도 한다. 한꺼번에 확 피었다가 한꺼번에 져 버리는 이사기요이(潔い; 미련 없이 절도 있는 모습, 끊고 맺음이 좋은 모습) 사쿠라처럼, 그렇게 미련 없이 상쾌하게 죽음을 택하는 것이 참다운 사무라이(侍)의 용기요, 기개(氣槪)라고 치켜세운다.

미련 없이 상쾌함을 한 마디로 이사기요이라고 하며 이것을 일본인의 정신과 통하는 것이라 일컫기도 한다. 사쿠라는 그 낙화(落花)할 때의 모습 때문에 '지는 모습 향기로운 나라의 꽃'으로 노래하기도 한다. '꽃은 사쿠라, 사람은 무사'라는 속담이 통용될 만치 벚꽃의 피고 지는 것, 즉 끊고 맺음을 무사(武士)의 인생관에 결부한 것인데 실은 일본의 상징은 소나무였다.

무사도미학(武士道美學)은 죽은 것이 아니고 소나무와 같이 풍설(風雪)에 견디고 항상 푸르러 임금에게 충성을 다하는 것이다. 지금의 벚꽃이 일본의 상징으로 등장하게 된 것은 메이지(明治) 때부터다.

부국강병(富國强兵)으로 근대화를 빨리 이룬 메이지 정부는 이후 전쟁과 더불어 번영해 왔다. 결국, '강병은 부국의 기초다'라는 정책이 일단은 성공한 셈이다. 그러나 전쟁은 수많은 젊은이들의 목숨을 제물로 바쳐야만 했다. 그래서 반짝 피었다가 흩어져 떨어지는, 끊고 맺음이 확실한 벚꽃을 그들의 상징으로 하고 있는지도 모른다.

어떤 일본인들은 벚꽃이 군국(君國) 일본의 상징이라 하여, 국민 위에 군림하여 젊은이의 죽음을 미화하는 역할을 담당했다고 말하기도 한다.

2차 세계대전 전선에 나가는 군인들에게 부르게 했던 군가에 "사쿠라처럼 함께 활짝 피었다가 사쿠라처럼 죽자."라는 가사가 있을 정도다.

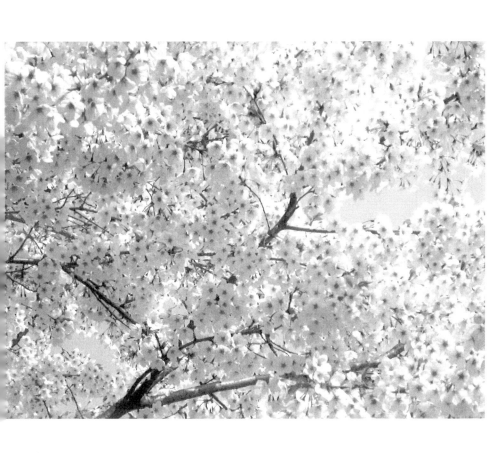

한국 까치, 일본의 까마귀

도쿄 시내를 거닐다 보면 시내 중심의 공원이나 신궁(神宮) 주변 숲 속에서 많은 까마귀 떼를 목격하게 된다. 산에서 살 까마귀 떼가 왜 이렇게 많을까 또 한국에서 자라는 까치는 왜 한 마리도 구경할 수가 없을까 생각한 적이 있다.

한국에서는 예로부터 까치를 길조(吉鳥)로 여겨왔다. 기쁜 소식을 전한다고 하여 희작(喜鵲)이라고도 했다. 그래서 아침 일찍 집 앞 나뭇가지에서 까치가 울어대면 반가운 손님이 온다고 믿었고, 멀리 떠난 자식이나 가족에게서 반가운 소식이 온다고 생각했다.

그런데 최근에는 길조로 여겼던 까치들이 애물단지가 되고 있다. 농작물의 피해를 주고 있을 뿐만 아니라 전신주의 송전탑에다 집을 지어

합선 위험을 주고 있기 때문이다.

반면에, 까마귀는 무언가 불운을 가져온다고 전해왔다. 시체를 뜯어 먹는 잡식동물로 인식하여 대표적인 흉조(凶鳥)로 여겼는데 외국 영화장면에서도 짐승이 죽거나 장례를 지낼 때 까마귀 떼가 많이 등장하는 장면을 볼 수 있다.

그러나 일본에서는 예부터 한국에서 흉조로 여기는 까마귀를 영리한 동물로 생각해왔다. 그래서 그들은 까마귀에 대해 친밀감을 느끼고 있는 것이 아닌가 싶다.

어린이들의 동요에도 자주 나오고 설화(說話)나 전설(傳說)에도 사람과 가까운 선량한 존재로 자주 등장한다. 그런데 근래 일본에서도 주택가에 새벽부터 울어대는 까마귀 소리를 좋아할 이는 없다. 잠을 깨는 사람이 많기 때문이다.

산에서 살아야 할 까마귀 떼가 쓰레기통까지 몰려들어 주택가를 어지럽히니 애물단지 새로 전락하는 것이다. 일본 동요 중에는 "까마귀야 왜 우니 까마귀는 산으로……."라는 동요도 있다.

일본의 도쿄에서는 음식 쓰레기를 파먹으면서 지저분하게 어지럽히고 갑자기 아이들을 습격하는 경우도 있어 까마귀 때문에 골치를 앓는 일이 많아졌다고 한다.

몇 년 전에는 까마귀로 인한 고충이 500건 이상 달해 도쿄도에서는 긴급 포획 작전을 전개한 일도 있다고 한다. 근래에는 도쿄도의 23개 구내에 21,000마리가 살고 있다고 추정하고 있는데, 1/3 정도는 없앨 예정이라고 하니 까마귀 피해에 대한 심각성을 짐작할 수가 있다.

그런가 하면, 사사키 히로시(佐々木洋) 씨가 쓴 책 『까마귀는 훌륭하다』의 글에 의하면 통행인을 습격하는 까마귀가 "사회를 반영하는 거울"

이라고 하였다. 그는 까마귀를 잘 관찰하면 곧 대지진이나 분화(噴火)가 일어날 것을 감지하는 '하늘의 소리'를 들을 수 있다고 했다.

옛날 간무천황(桓武天皇)이 천하를 통치하기 위하여 마땅한 장소를 찾고 있을 때 까마귀가 길을 안내했다는 문헌을 소개한 내용도 있다.

까마귀는 일본의 전 국토에 많이 서식하고 있는 데 비해 까치는 한 마리도 볼 수가 없다. 그런데 한국에서 가까운 규슈(九州) 북서부의 일부 해안 지방에서는 까치가 서식하고 있는데, 이 까치는 임진왜란 때 한국에서 일본으로 건너간 까치라고 한다.

후쿠오카 히로시(福岡博) 씨가 쓴 『사가(佐賀)에 남아 있는 조선문화』라는 글에 의하면, 도요토미 히데요시가 조선을 침략했을 때, 부산포에 도착한 군선(軍船)의 돛대 위에 까치가 날아와 "까치 까치" 하며 울었기 때문에 행운을 가져다주는 길조라 여겨 사가(佐賀)로 가지고 왔다고 한다.

이렇게 건너간 길조 까치가 상서로운 새로 여겨져 1641년에는 이곳의 봉건영주 나베시마 나오시게(鍋島直茂)가 '어응장어면어수두(御鷹場御免御手頭)'라는 규칙을 만들어 까치를 보호하였고, 1923년 3월에는 한국의 까치를 천연기념물로 지정하였다. 오늘날에도 이것이 사가현을 대표하는 현조(縣鳥)라 한다.

한복과 기모노

세계의 여러 나라는 각기 자기 나라 기후와 정서에 맞는 아름다운 의상을 입고 있다. 대륙성 기후에 해당한 한국은 한복이 있고, 해양성 기후에 해당한 일본은 기모노가 있다.

한복은 한민족의 기호와 정서에 걸맞은 옷으로 예부터 내려오는 다양한 옷이었지만, 대표적인 옷은 여성들의 치마, 저고리, 버선, 두루마기다. 남성의 경우는 하의에 해당하는 바지와 상의에 해당하는 저고리, 외투에 해당하는 두루마기가 있다.

여성 한복은 한국인의 학(鶴)이 되어 하늘을 날고자 하는 꿈이 고스란히 깃들어 있어 우아하고 화려하다. 소매 부분은 둥그스름하게 되어 있어 학의 날개처럼 보이며, 치마는 바람에 하늘거리는 학처럼 우아하게 춤을 추는 듯하다.

명절에 여성들이 즐기는 널뛰기, 그네 놀이 등은 모두 한 마리의 우아한 학이 하늘로 솟아오르는 장면을 연상시킨다. 버선, 고무신의 코도 모두 하늘을 우러러보듯이 위로 향하고 있다.

한복은 평면적인 옷감을 직선으로 마름질하되 이것을 다시 입체적인 몸매에 맞도록 남은 부분을 주름잡거나 끈으로 고정해, 온화하면서도 여유 있는 아름다움을 살린 옷이다.

이렇게 만든 한국의 옷은 평면 구성이 주는 곡선의 기교가 의복 표면에 나타나기보다는 몸의 움직임이나 입은 방법에 따라 자연스럽게 변화되므로 풍성한 아름다움을 마음껏 표현할 수 있다. 단아(端雅)함과 율동이 조화된 선(線), 형태상의 단조로움을 다양한 배색(配色)으로 변화를 주면 얼마든지 개성미를 연출할 수 있다.

반면 일본의 의복이라면 우선 기모노가 있다. 기모노는 몸에 맞추는 서양식의 옷이 아닌 몸을 감싸는 보자기 형식의 매우 유동적인 옷으로 입는 물건(きるもの)에서 나온 말이다.

일본 역시 세계 여러 나라와 같이 성인식, 결혼식, 설날, 장례식, 파티 등의 특별행사 때만 기모노를 입는다.

기혼여성은 기모노의 유소데(소매) 부분이 짧은 도매(留) 소데, 미혼여성은 소매가 긴 후리소데(振袖; ふりそで)를 착용하며 앞여밈은 남녀 공히 보는 사람 쪽에서 볼 때 오른쪽 여밈이 앞에 오도록 입고 장례식에는 그 반대로 한다.

그런데 일본 전통 옷은 입기가 힘들어 기모노를 전문으로 입혀주는 미장원에서 돈을 받고 입혀주기도 한다.

나팔꽃과 아사가오

　나는 개인 주택에서 아파트로 이사 온 후 어릴 때 시골 고향 집 울타리를 타고 올라간 나팔꽃 생각이 나서 매년 베란다에 줄을 매어 나팔꽃을 기르고 있다.

　나팔꽃은 1년생의 넝쿨 식물로 옛날에는 고사화, 선화, 구이초, 견우화 등으로 불렀다. 원산지는 열대 아시아로, 파종기는 4~5월이며 꽃이 피고 지는 기간이 길다. 7월부터 8~9월까지 계속된다.

　이른 아침에 소리 없이 피었다가 저녁에 오므라들고 지고 나면 다음 날 아침 새 봉우리에서 활짝 핀다. 그렇게 화사하고 반가울 수가 없다. 꽃의 종류도 다양하다. 빨간색, 보라색 등 자료에 의하면 150여 종이나 된다고 한다. 줄기는 시곗바늘의 반대 방향으로 감아 올라간다.

정성 들여 기른 꽃이 어느 아침 활짝 피는 것을 보노라면 그렇게 화사하고 반가울 수가 없다. 몸소 꽃을 가꾸고 길러보지 않고는 이 기쁨을 모른다.

한국 동요에는 다음과 같은 노래가 있다.

> 햇님이 방긋 웃는
> 이른 아침에
> 나팔꽃 아가씨
> 나팔 불러요
> 잠꾸러기 그만 자고
> 일어나라고……

그리고

> 아빠가 매여 놓은
> 새끼줄 따라
> 나팔꽃도 어울리게
> 피었습니다

그런데 이웃 나라 일본에서는 나팔꽃을 아사가오(朝顔)라고 한다. 뜻을 풀이한다면 아침 얼굴이다. 도쿄에서는 메이지(明治) 시대부터 이리야(入谷)의 아사가와시에서는 7월 중순에 나팔꽃 전시회를 연다고 한다.

일본인들은 이른 아침에 활짝 피었다가 잠시 뒤에 시드는 꽃의 단명(短命)함에서 허무함과 무상함을 느껴 마음에 끌렸는지 예부터 하이쿠(俳句; 일본 고유의 짧은 형식의 시(詩))를 짓고 읊었다. 그리고 나팔꽃 무늬의 아름다움을 디자인 소재로 나타내기도 하였다. 이런 것을 보면 일본인들이 섬세하고, 아름다움을 좋아하는 민족임을 알 수 있다.

전철과 노인석

나는 해외에 나가면 가급적 그 나라의 대중교통 수단인 지하철을 곧잘 이용한다. 어느 나라든 전철을 타보면 시민들의 일상 모습과 함께 질서 의식이나 준법정신, 세태의 변화 등을 가늠할 수 있기 때문이다.

30여 년 전, 내가 처음으로 도쿄를 방문했을 때 전철 안의 분위기가 너무나 깨끗하고 정숙해서 숨소리까지 죽여야만 했던 기억을 잊지 못한다.

몇십 년이 지난 요즈음도 일본의 지하철 분위기는 다소 변했다고는 하지만 책을 읽고 있거나 조용히 눈을 감고 명상에 잠겨있는 사람들이 많다. 아직도 차내에서 소리를 내며 대화를 하거나 잡담하는 사람은 찾아볼 수 없다.

그런데 놀란 것은 80세가 훨씬 넘어 보이는 노인이 앞에 서 있는 데도 자리 하나 양보하는 사람은 없었다. 또 어느 날 밤늦은 시간이었다. 술에 만취한 젊은이가 좌석에서 바닥으로 굴러떨어져 누웠는데도 승객들은 눈길조차 주지 않았다. 나는 정말 냉정한 사람들이라고 생각했다. 그런 데 일본인들은 자리를 양보하거나 도움을 주는 것은 '번잡스러운 친절'이라며 부담스러워 한다는 사실을 뒤늦게 알게 되었다.

한국과 일본 전철에는 특별한 사람을 보호하기 위하여 마련된 좌석이 있다. 이것을 한국에서는 경로석 또는 노약자, 장애인, 임산부 보호석이라고 하고, 일본에서는 우선석(優先席)이라고 한다. 유럽에는 경로석이 따로 없고 고령자나 임산부, 신체 부자유자 등에 대해서는 자리를 양보하는 것으로 되어 있다. 단편적이나마 이것이 그 나라의 문화임을 짐작할수 있다.

한국의 생활문화는 특정인을 보호하고자 하는 것이고 일본은 불특정 다수를 지정하고 있으며 유럽에서는 상황에 따라 매우 포괄적인 가변적(可變的) 조건을 주고 있다. 일본과 유럽은 앉은 자의 판단에 따르지만, 한국은 특정인에게 어떤 권한을 부여한 것이다.

몇 년 전, 한국을 방문한 일본 친구 가족과 함께 잠실역에서 2호선 전철을 타고 소공동까지 간 일이 있다. 전철에 들어서자 중년 남성들이 우리를 보는 순간 벌떡 일어서면서 '여기 앉으시지요'라고 자리를 양보하는 것이었다. 이 광경을 본 일본 친구와 가족들은 매우 놀라워하면서 감격했다. 일본에서는 전혀 상상할 수 없는 광경을 본 것이다.

나는 그 친구에게 한·일은 모두 유교문화권이지만, 일본은 효(孝)보다 충(忠)을 중시하고, 한국은 장유유서(長幼有序)의 오륜(五倫)사상이 배어 있어 효(孝)를 으뜸으로 여기고 있기 때문이라고 설명했다.

똑같은 유교의 영향을 받은 나라지만 일본은 패전 후, 미국에 의한 민주개혁으로 국민들의 가치관이 변화를 겪어 실용주의(實用主義: pragmatism)와 더불어 개인주의가 뿌리내려 학교와 가정에서 경로사상에 대한 교육보다는 사회교육을 우선하고 있었기 때문이 아닌가 싶다.

아름다운 한글과 우리말

위대한 세종대왕께서는 '나라 말씀'을 누구나 쉽게 익히고 쓸 수 있는 '한글'을 만들었다. 한글로 적은 글을 읽고 쓰면서 항상 스스로 놀란다. 키보드를 누르면 더욱 놀란다.

한글은 모음(母音) 10자와 자음 14자 자음과 모음을 조합하여 만들어 내는 다양한 쓰임새를 일찍이 예상한 혜안이 담긴 글자다. 생각하면 세종대왕이 다시 더 우러러 보인다.

소설 『대지』의 작가 펄 벅(1892~1973) 여사는 한글은 세계에서 가장 훌륭하고 가장 단순한 글자로 24개의 부호가 조합될 때 그것은 인간의 목청에서 나오는 어떤 소리도 놀라울 정도로 정확하게 표현할 수 있다고 극찬했다. 또 영국 학자 조맨은 한글을 가리켜 세상의 어떤 문자보다도 완벽에 가까운 문자며, 고전적인 예술작품이라고 했다.

그리고 유네스코는 1997년에 한글을 세계기록문화유산으로 지정했다. 이와 같이 한글의 과학적이고 간결한 체계 덕분에 한국의 문맹률은 1%에도 못 미친다.

우리 한글은 세계에서 가장 배우기 쉬운 언어로, 우리 말, 글을 배우려는 외국인들을 위해 세종학당이 51개국에서 운영되고 있다고 한다.

그런데 지난 567돌을 맞아(2013년 10월 9일) 한글날이 법정 공휴일로 복원되었다. 훈민정음의 창제 원리와 창시 참뜻을 바르게 이해하면서 우리 한글에 대한 사랑을 되새기는 날이 되었으면 좋겠다는 생각이 들었다.

말 한마디의 감동

필자는 지난가을 덕수궁 가까운 엘리베이터 안에서 한 중년 여성의 매너로 감동한 적이 있다.

엘리베이터에 들어서자 엄마의 등에 업힌 어린이가 나를 보자 "핫지 핫지" 하면서 먹던 바나나를 내 입 가까이 내밀면서 먹으라고 하였다. 정말 예쁘고 귀여운 아이였다. 쌍둥이 어린이 하나씩 데리고 두 젊은 부부가 나들이를 다녀오는 길인 것 같았다.

필자는 나이 들면서 어린이들을 좋아하고 또 어린이들 역시 나를 좋아하는 편이다. 그래서 그 이야기를 건네자 인상도 좋고 예의 바르게 보이는 그 여성이 "어른께서 인상이 매우 좋으셔서 그럴 거예요." 하면서 미소를 지었다. 또 엘리베이터에서 나올 때, 뒤에 서 있는 나에게 "어르신 먼저 내리시지요."라고 배려하는 것이었다.

나는 그 중년 두 부부의 언사와 예의 바른 매너로 감동했다. 말이 거칠면 정서까지도 삭막해진다고 하지 않는가…… 교양과 예의 바른 부모 밑에서 자라는 그 어린이들은 틀림없이 행복하고 바르게 자랄 것이다. 그들의 예의 바른 매너와 감동은 수개월이 지나도록 지워지지 않고 오래 계속되었다.

우리는 아름다운 한글과 아름다운 언어를 가지고 있다. 그런데 최근 우리 사회의 거친 언행으로 우려하는 목소리가 높다. 한 신문 사설에서 국회의원들의 불량스런 언행을 언급하였고 지법원장 취임사에서도 "법관 언행을 신중히 해달라"고 했다는 글을 읽었다.

막말 중에는 '늙으면 죽어야지', '여자가 왜 말이 많은가'가 있다. 또 분노에 찬 막말로 정치인들이 호통치는 장면을 보는 국민들은 분노하고 있다. 선거철에는 그렇게 겸손하고 친절했던 분들이……

한 신문 조사에 의하면 초중고생이 사용하는 언어 중 95%가 욕설이라는 기사도 있었다(치열한 입시경쟁으로 인성교육, 가정교육을 제대로 받지 못한 원인도 있겠으나 품위 없이 막말하는 사회풍토에서 무엇을 배우겠는가).

언어 순화를 위해서는 우선 자기 마음을 다스리는 마인드컨트롤부터 가져야 한다. 마음이 안정되고 심성이 고울 때 인상도 좋아지고 언행도 바르게 된다는 것이다.

제6부 현해탄의 파도 넘어

현해탄의 파도 넘어

한국과 일본 사이에 가로 놓인 현해탄(玄海灘)에는 고대에서 현대에 이르기까지 수많은 애환이 서려 있다.

이 파도는 잔잔하다가도 거칠어지고 거칠었다가도 잔잔해지기도 한다. 양국의 마음 사이에도 보이지 않는 파도가 늘 철렁거리기도 하고 잔잔해지기도 한다. 그런데 최근에는 파도가 높고 거칠어지고, 잔잔해질 기세가 보이지 않아 매우 안타깝다.

20세기의 세계주의는 약육강식이었다. 이제 21세기는 20세기의 상처를 치유하고 밝은 미래를 위해서 상호 긴밀한 협력관계로 공생 공존하는 시대로 가야 한다. 그런데 최근 이웃 일본이 불행하게도 과거의 길로 가고 있다.

나는 일본 강점기에 태어나서 일본 식민지 교육을 받고 자랐다. 일본의 황국신민화(皇國臣民化) 정책을 직접 체험한 세대다. 일본은 우리글 우리말 대신 일본어만 쓰게 하였고 일본식 성명으로 바꿀 것을 강요하여 일본의 성과 이름으로 고치지 않으면 학교 입학 등에 불이익을 주었다(아소 다로〔麻生太郞〕는 최근 "일본식 성명 강요는 조선인이 원해서 했다"는 망언〔妄言〕을 서슴없이 하고 있지만……).

그런가 하면 서울 남산에 조선신궁(朝鮮神宮)을 비롯해 지방 곳곳에 신사(神社)를 건립함은 물론 심지어 학교 교정에까지 신사를 지어 등교 시 곧바로 신사를 참배한 후 교실에 들어가도록 하였다. 막바지에는 가정에까지도 가미다나(神棚)를 달게 하였다. 일본화를 위해 온갖 민족 말살정책을 썼다.

그러한 일본이 종국에는 1945년 8월 15일 히로시마(広島)와 나가사키(長崎)에 두 발의 원자폭탄으로 19만 시민의 목숨을 잃고 항복했으며 한국은 그렇게 갈망하던 광복을 맞이하게 되었다. 광복 후에는 마음 놓고 한국말을 하면서 한국 역사도 배웠다.

그 후 성장하여 직장의 방송일로 일본을 자주 드나들게 되었고, 서로 마음을 열고 대화할 수 있는 일본 친구도 생겼다. 겸손하고 친절한 일본인들과 수준 높은 일본 문화도 만났다. 그로 인해 일본의 양식 있는 지식인들과 함께 한·일 우호교류 활동을 30여 년 넘게 추진해왔다. 그것은 과거사에 얽매이기보다 21세기 양국의 밝은 미래를 위해서였다.

그런데 안타깝게도 우경화로 돌아선 아베(安倍) 정권의 정치인들이 실언과 망언을 쏟아내어 국제 사회로부터 비판의 소리가 연일 계속되었다. 『워싱턴 포스트(wp)』는 사설에서 "같은 제2차 세계대전 전범이면서 일본은 왜 독일처럼 정직하지 못하는가."라는 비판을 하였고, 유엔은 일본에 대해 "범국민 차원의 위안부 문제 교육을 하라"고 하였다. 그래서 일본 한 편에서는 일본이 국제사회에서 외톨이가 되는 것이 아닌가하고 우려하였다.

"일본인은 역사에 둔감하고 한국인은 역사에 민감하다"면서 일본인들은 좋지 않은 일은 물에 흘려보내듯(水に流す) 말끔히 잊는 습관을 가지고 있다고들 한다.

만약 한국이 가해자이고 일본이 피해국이라면 역지사지(易地思之)로 입장을 바꿔 생각한다면 그렇게 쉽게 잊을 수 있는 문제일는지…… 물론 일본에는 양심 있는 지식인, 시민단체 등 선량한 사람들도 많이 있고, 배워야 할 훌륭한 문화를 가진 선진문화국인 것은 틀림없다.

남에게 폐(迷惑; めいわく)를 끼치는 것을 큰 수치로 생각한다. 혹 길에서 옷깃을 스쳐도 스미마센(すみません; 죄송합니다) 하며 연신 머리 숙여 사과한다. 심지어 길에서 발등을 밟히면 오히려 밟힌 편에서 연신 머리를 숙여 사과를 할 정도다. 물론, 그런 문화도 지금은 다소 변하는 것 같지만…….

그런데 그런 민족이 어떻게 역사의 진실을 공유하고 과거사를 반성하기보다 침략과 수탈의 역사를 부정 왜곡하고 피해 국민들의 아픈 상처를 자극하는 실언과 망언(妄言)들을 되풀이하고 있는 것인지……

일본의 노벨문학상 수상자인 오에 겐자부로(大江健三郎)는 역사를 정직하게 보는 것은 일본인이 아시아에서 어떻게 살아가야 하는지에 대한 분별 있는 태도와 관련된 숙제라고 한 적이 있다. 또 정신과 의사인 와다 히데키 씨는 폭언과 망언을 일삼는 것은 "공격이 곧 방어라는 의식에서 비롯된다"고 하였다.

가장 가까이 위치한 이웃 나라 일본, 숙명적으로 함께 공생공존(共生共

春)하여야 할 나라 일본이 국제사회의 신뢰를 받고 선진문화 국민으로 거듭나기를 기원한다. 한·일 양국의 밝은 미래를 위해 일본의 양식인들과 함께 추진해 온 우호친선교류 활동이 헛되지 않기를 기원하면서……

한일 가교를 놓은 사람들

　한일 상호 이해와 우호 증진에 초석이 된 역사적 인물들이 있다.

　선린 우호의 성신(誠信)사상을 부르짖은 조선 외교관을 담당했던 에도 (江戶) 시대의 외교관 아메노모리 호슈(雨森芳洲), 아리타야키(有田燒)의 기초를 쌓은 조선의 도공 이삼평(李參平), 3·1 독립운동 탄압을 강하게 비판하고 한국의 예술에 깊은 관심을 가졌던 야나기 무네요시(柳宗悅), 한국이 좋아 한국인을 사랑하고 한국의 산과 민예(民藝) 사랑운동을 하여 조선 흙이 된 이사카와 다쿠미(淺川巧) 등이었다.

　그런데 여기서 유난히 우리의 눈길을 끌고 있는 인물이 있다. 다름 아닌 이토 히로부미(伊藤博文)를 처단한 안중근(安重根) 의사와 민족 저항 시인 윤동주(尹東柱)다. 일본지식인 사회에서는 이분들을 새롭게 평가하고 그들의 애국애족 정신과 고귀한 가치관을 본받고 공유하자는 운동을 벌이는 모임이 있다.

안중근 의사는 일본에서 테러리스트로 평가받고 있었지만, 그는 단순한 테러리스트가 아니었다. 안 의사의 논리에 의하면 서구 열강이 아시아로 진출하는 가운데 조선, 일본, 중국 민족이 평화를 위해서 단결해야 했기 때문에 우방인 조선과 중국을 침략, 억압하는 일본 정부의 이토 히로부미 처단을 감행한 것이라고 했다. 그래서 일본에서는 암살자로 처형하였으나, 한국에서는 민족 독립 의사로 추앙받는 것이다.

양국의 시각에 따라 이론(異論)은 있지만, 안 의사가 처형된 후 안 의사의 간수로 있던 헌병 지바 도시치(千葉十七)와의 우정이 밝혀졌다. 그는 안 의사의 감방생활이나 법정에서의 진술과 태도에 감명받고 범제 안중근이라는 고정관념을 깨어 마침내 굳은 우정으로 승화하게 되었다.

그 숭고한 우정은 유족이나 관계자에까지 감동을 주어 시공(時空)을 초월한 한일 교류의 가교 역할을 하게 되었다. 안 의사 사형이 집행된 후에 안 의사의 훌륭함에 감동을 받은 지바 씨는 그의 일기에 "후세 역사에 반드시 규탄받을 것"이라고 기록하고 매일 안 의사의 명복을 빌어왔다.

그는 안 의사의 사형 집행 후 고향으로 돌아와 안 의사의 사진과 유묵을 불전에 놓고 하루도 빠짐없이 예를 올리다 1934년 50세로 병사했다. 그 후에는 부인이 이어받아 유지를 받들고 공양하다가 73세로 사망했다.

지바의 유지·계승은 23년간이나 계속되다가 안 의사 탄생 100주년 기념식 계기로 지바 씨의 조카 미우라 구니코(三浦くに子)에 의해서 유묵(遺墨) 반환식을 한국에서 가졌다(1979. 12. 11).

이것이 계기가 되어 안 의사와 지바 씨의 순수한 우정과 인간적인 교류를 기념함과 동시에 한일 양국의 영원한 우호를 위해 한국인과 일본인의 협력으로 미야기 현 하라군 대림사(大林寺)에 기념비를 세웠다. 이것이 그로 인해 양국의 많은 사람들이 대림사를 찾고 남산의 안 의사의 기념관을 찾고 있는 것이다. 앞으로도 두 사람의 순수한 마음의 교류를 칭송하는 한일우호는 계속될 것이다.

또 이 밖에도 한일 양국의 교류를 위해 힘쓰는 또 하나의 모임이 우리의 눈길을 끌고 있다. 다름 아닌 저항 시인 윤동주(尹東柱) 시를 공유하는 모임이다. 윤동주는 일제 식민지시대에 금지된 한글로 시를 지은 숭고한 조선 민족의 저항 시인이다. 그는 1917년 12월 30일 만주의 북간도에서 탄생하여 1945년 2월 16일 27세의 젊은 나이에 8·15 광복을 6개월 앞두고 독립운동의 죄명으로 후쿠오카(福岡)교도소에서 복역하던 중에 옥사했다. 그의 순수하고 서정적인 시심(詩心)과 저항 정신은 지금까지 우리들 마음속에 살아 숨 쉬고 있다.

그의 시는 1990년부터 일본의 고등학교 교과서에 「서시」 제하(題下)로 게재되었고, 그가 다녔던 교토 도시샤대학(同志社大學) 교정에 윤동주 시비(詩碑)가 세워져 일본인과 한국인이 그의 명시(名詩)를 공유하게 되었다. "한 점 부끄럼 없기를"이라는 내용은 시공을 뛰어넘어 모든 사람들의 뜨거운 공감을 얻어 현해탄을 뛰어넘는 가교의 역할을 하고 있다.

1994년에는 후쿠오카시에서 〈윤동주의 시 읽는 모임회〉가 발족되어 현재까지 지속되고 있으며 매년 2월 16일의 명일(命日)에는 후쿠오카 형무소였던 후쿠오카 구치소 뒤편의 공원 한쪽에서 추도회를 갖고 참가자들은 헌화와 그의 시 낭송을 하고 있다.

윤동주는 숭고한 민족의 저항시인으로서 풍전등화와 같던 조국을 애통해하면서도 절망하지 않고 민족 사랑과 조국 독립의 염원을 아름답고 간절한 시어로 노래했던 시인이었다. 밤하늘에 빛나는 별을 동경했던 순수한 마음의 젊은 우국(憂國)시인……

〈서시〉

- 윤동주 -

죽는 날까지 하늘을 우러러
한 점 부끄럼이 없기를
잎 새에 이는 바람에도 나는 괴로워했다
별을 노래하는 마음으로
모든 죽어가는 것을 사랑해야지
그리고 나한테 주어진 길을
걸어가야겠다
오늘 밤에도 별이 바람에 스치운다.

윤동주 시인 자신이 직접 한일교류의 '가교역할'을 한 것은 아니지만, 그의 높은 뜻과 숭고한 삶에 감동하여 한일 평화와 우호를 바라는 진실한 사람들의 마음이 움직인 것이다.

윤동주 시인은 1944년 2월 16일 일본 후쿠오카 형무소(福岡刑務所)에서 옥사했으며, 북간도 용정동산(北間島 龍井東山)내의 중앙교회 묘지에 안장되었다. 한국 서울엔 하늘과 바람, 별이 함께하고 있는 그 시인과 관련된 기념비와 출판물이 가득하며 그분과 관련된 영화도 상영되고 있어 많은 인파가 그곳을 찾고 있다(서울 종로구 창의문 청운동).

일본 양식良識인들의 선언

드디어 일본 양식인들이 일어났다. 일본 지식인들, 노벨문학상 수상자인 오에 겐자부로(大江健三郎) 씨를 비롯해 모토시마 히토시(本島等) 전 나가사키 시장, 오다가와 고(小田川興) 와세다대 교수, 평화운동가 이케다 가요코(池田川興代) 등 일본의 지식인과 시민단체 등 1,300여 명이 "영토문제, 냉정 찾자."라고 호소하였다. "침략자 일본이 먼저 반성해야 한다."고 한 것이다.

독도와 센카쿠열도(중국명 댜오위다오)를 둘러싼 갈등이 일본의 탐욕에서 비롯됐다며, 일본의 자성을 촉구했다. "현재 독도와 센카쿠 문제는 일본의 아시아 침략 역사 때문에 생겼다"고 하며 일본 정치권의 자성을 주문했다.

이들은 호소문에서 "일본의 다케시마(독도의 일본명) 편입은 러일전쟁 중인 1905년 2월 한국이 이미 일본에 의해 외교권을 빼앗겨 가는 과정에서 이루어진 것"이라며, "한국 국민에게 독도는 단순한 섬이 아니라 침략과 식민지 지배의 기점이며 상징이라는 사실을 일본인은 이해해야 한다"고 주장했다. 이들은 "어느 나라나 영토분쟁은 내셔널리즘(국가주의)으로 치닫기 마련"이라며 "권력자들이 국내 문제를 회피하기 위해 영토문제를 이용한다"고 지적했다.

또 "두 가지(독도와 센카쿠) 문제는 영토를 둘러싼 갈등처럼 보이지만 모두 일본의 아시아 침략이란 역사를 배경으로 하고 있음을 잊어서는 안 된다"며 일본 스스로 역사를 인식하고 반성, "그것을 성실하게 대내외에 표명해야 한다"고 강조했다. 그런가 하면 일본의 세계적인 유명한 작가 무라카미 하루키(村上春樹) 씨는 센카쿠, 다케시마로 국민을 선동하는 정치인들은 히틀러의 결말을 보라고 일침했다(『아사히』 신문 기고). 또 도쿄대학 와다 하루키(和田春樹) 명예 교수는 "일본은 하루빨리 독도 영유권 주장을 철회해야 한다"고 주장했다. 와다 교수는 연구서 「동북아시아 영토문제, 어떻게 해결할 것인가」(사계절)에서 "전망이 없는(독도 영유권) 주장을 계속해서 한일 관계의 감정을 점점 악화시키는 것은 어리석음의 극치"라고 주장했다. (출처: 『중앙일보』, 『조선일보』 등)

일본인들의 품격론

　오래전 일본 서점가에 들렀을 때 품격(品格)에 관련된 책들이 눈길을 끌어 몇 권을 구입해서 읽었다.

　260만 부를 돌파했다는 『국가(國家)의 품격』의 品格(품격)을 뒤이어 『일본의 품격』, 『늙음의 품격』, 『품격의 시쓰케(品格の躾)』 등이 쏟아져 출간되었다.

　품격이란 사람된 품성과 인격을 뜻하는 것이고, 시쓰케(躾)란 예의범절, 가르침을 뜻하는 말이다. 나는 사람됨, 품성과 인격을 교육한다는 것은 인간 누구에게나 많이 읽히는 유익한 책이라는 생각을 했다. 그래서 한국도 품격을 높이는 노력을 해야겠다는 생각을 했다. 그러면서도 한편으로는 일본이 진정으로 국가의 품격이나 일본인들의 품격을 높이려고 한다면 먼저 인간으로서 가장 중요한 양심, 정직(正直)한 마음, 심성(心性)이 곱고 바르게 되어야 한다고 생각한다.

그런데 일본은 자기들이 저지른 온갖 만행을 뉘우치고 반성하기보다 오히려 역사를 부정하고 미화하면서 망언(妄言)과 실언을 반복하고 있어 신뢰를 잃고 있다.

일본이 진정으로 품격있는 나라, 품격있는 국민이 되고자 한다면 먼저 이웃 나라 한국을 비롯해 중국 등 아시아의 많은 피해 국민들은 물론 국제 사회의 신뢰를 회복하는 것이 일본인, 일본의 품격을 높이는 첫 과제라 생각한다. 아무쪼록 이웃 일본을 가까이 생각하는 사람의 충고에 귀를 기울여 품격있는 일본인, 품격있는 국가로 거듭나기를 진심으로 기원한다.

일본 월간지를 읽으며

나는 일본의 『PHP』라는 월간지를 수년간 애독하고 있다. PHP란, Peace and Happiness Prosperity의 약자로 평화, 행운, 행복, 번영, 성공을 의미한다. 이 책은 인간에게 매우 유익한 내용을 담고 있다. 호감을 주는 사람, 품위를 느끼는 사람, 좋은 인생을 사는 방법, 마음을 바르게 고치는 방법, 사심(私心)에 흔들리지 않고 남과 함께 좋은 관계를 유지할 수 있는 방법 등……

나는 젊은 시절 일본을 자주 드나들 때는 도쿄 서점가인 간다의 이와나미나 산세이도에서 구입·구독하였으나 최근에는 서울 광화문에 있는 교보 대형서점 일본책 코너에서 구입하고 있다.

그런데 금년(2014년) 3월호를 구입하여 읽는 도중 매우 마음을 끄는 중요한 내용이 있었다. 맨 뒷장 표지에 정직(正直)이라는 고딕체의 큰 활자였다. "정직은 말할 것도 없이 가장 중요한 것으로 우리 일본이 그것을 소홀히 하고 있어 삶과 처신을 뒤돌아보고 싶다"고 했다.

그런데 일본은 아베 총리를 비롯해 극우 정치인들이 인간으로서 가장 중요한 양심을 저버리고 A급 전범이 합사된 야스쿠니 신사 참배를 비롯해 마음에 상처를 주는 망언을 계속해 미국 등 국제사회의 비판은 물론 신뢰를 잃고 있다.

거듭 말하건대 일본이 지금이라도 선진 문화 국민으로 국제사회의 신뢰를 받고 이웃 나라들과 우호적인 선린(善隣)으로 거듭나기를 바란다면 일본군의 위안부 강제동원을 인정하고 사죄한 93년의 고노(河野) 담화와 일제의 침략 전쟁과 식민지 지배를 반성·사죄한 95년의 무라야마(村山) 담화를 준수하고 더 이상 이 정신에 벗어나는 언행을 삼가야 한다. 또 일본에 거주하는 한국인들에게 "한국으로 돌아가라" 등의 험한 발언 등과 같은 옹졸하고 편협한 발언을 해서는 안 된다.

지금은 19세기, 20세기가 아니다. 21세기는 글로벌화 국제사회로 세계인들이 마음을 열고 어울려 함께 사는 시대라는 것을 알아야 한다. 일본 스스로를 위해서도……. 일본이 진정 바른 마음으로 거듭나 세계인으로부터 신뢰와 존경받는 이웃 나라가 되기를 진심으로 기원한다.

일본 연하장과 위로 편지

새해를 맞았다. 예년처럼 일본에서 몇 장의 연하장을 받았다. 모두 NHK 출신들로 30년 넘게 교류 활동을 하면서 가까이 지내온 인사들이다. 특히 이들은 나와 함께 양국의 교육방송 발전을 위해서 긴밀하게 협력하고 교류활동을 다양하게 추진해왔다. 방송자료와 정보교환은 물론 방송인, 방송교사들의 연수, 국제 세미나 개최(EBS, NHK 후원, 7개국 참석), 방송교사 시찰 상호교류 등. 현재는 공식적인 행사는 중단하고 있지만, 그것을 인연으로 가족까지도 서로 왕래하고 있다.

그런데 이들이 보내온 연하장마다 새해 인사와 함께 근래 악화된 양국관계가 무척이나 안타깝다면서 우리는 변함없이 더욱 친하게 지내자는 이야기가 있었다.

또 한 친구는 19세기 동아시아의 역사를 바르게 되돌아보면 한일관계 안정이 중요하다고 했다. 나 역시 같은 생각을 하고 있는 사람으로 서로 정직한 마음을 갖고 과거사를 바르게 인식하는 것은 물론, 서로의 문화, 감성까지도 이해하면서 교류의 폭도 넓혀가자고 했다.

세월호 참사로 가슴 아파할 때, 일본 친구가 위로 편지를 보내왔다. 안부와 함께 불행한 일을 당해 너무 가슴 아프다고 했다. 그러면서 일본에서도 9년 전 교토의 후쿠치야마(福知山)에서 철도 탈선으로 승객, 승무원 107명이 사망하고 562명이 부상한 최악의 대형사고가 있었다고 했다. 일본은 지진의 나라로 대지진과 해일(쓰나미) 등 언제 일어날지 모르는 불안한 나라라고 하면서 너무 가슴 아파하지 말라고 했다. 또 세계 여러 나라에서 일어난 사고도 예를 들었다. 이웃 나라의 아픔까지 걱정해준 그 일본 친구가 무척 고마웠다.

■ 저자의 발표 장면(방송 교육 관련 국제 세미나)

나의 조국 대한민국

　나와 같은 세대들은 아주 불행한 시기에 태어나서 너무나 어려움 속에서 살아왔다. 일제 강점기, 6·25 전란 속에서…… 그래서 오늘날 눈부시게 발전한 우리 대한민국이 더욱 감격스럽고 자랑스럽다.

　8·15광복과 함께 해방이 되자 나는 곧바로 고향을 떠나 서울에서 중학교를 다니게 되었다. 해방 직후 교통은 말할 수 없이 불편하였다. 서울역에서 동대문 숙소까지 역마차를 이용하였다. 서울역 광장에는 기차 손님을 기다리는 역마차가 많았다. 물론 얼마 후 전차가 다녔지만……

　불행하게도 중학교 3학년 때 6·25동란이 일어나 시골의 고향에서 머물고 있다가 다시 피난을 갔었다. 수복 후 서울에 올라올 때 기차 타는 일은 하늘의 별 따기였다. 피난 갔던 사람들이 일시에 몰려들어 화물차의 지붕을 타고 온 적이 있었다. 터널을 지날 때에는 모두가 고개를 바짝 숙여야 했다. 기차에서 내뿜는 연기와 뜨거운 김이 터널을 빠져나오는 동안 가득했다.

6·25 동란 당시 한강철교가 끊겨 노량진에서 걸어서 군인들이 임시로 설치한 부교로 건너간 적도 있었다. 그 당시에는 기차가 다니는 철교와 차량이 다니는 교량 하나뿐이었다. 현재는 인구 집중으로 거대 도시가 된 서울, 중앙을 동서로 흐르는 한강에 33개의 교량이 세워졌다. 이 교량들은 토목기술의 발달로 시대에 걸맞은 아름다움을 내면서도 시민의 편의를 돕고 있다.

1953년 당시 1인당 국민소득 67달러 정도로 세계 113개국 중 109위의 최빈국에서 개발도상국을 거쳐 선진국에 진입하게 되어 세계의 개발도상국들이 한국의 발전을 모델로 삼고 있다. 우리나라가 이렇게 발전하기까지는 온 국민이 함께 피와 땀을 흘려 이룩한 것이다. 그런데 우리 국민들이 다 함께 되새겨봐야 할 것이 있다.

'한강의 기적'이란 의미를⋯⋯.

1979년까지 집권한 박정희(朴正熙) 대통령이 일본의 경제협력을 이용하여 고속도로를 뚫고 공업화는 물론 조국근대화 경제발전에 전력하여 고도성장을 이루었다. 1차 경제개발계획(1962~1966), 2차 경제개발계획(1967~1971), 그리고 3차 경제개발계획으로 새마을운동을 일으켰다. 새마을운동은 박정희 대통령 주도에 의한 조직적인 농촌개발 운동으로서 경제적 수입 증대는 물론 한국 농촌의 잠재적 에너지를 현대화시키는 계기가 되었고, 놀라운 발전을 이룩하였다.

박정희 대통령은

잘 살아보세, 잘 살아보세
우리 함께 잘 살아보세

손수 작사, 작곡한 새마을 노래로 새마을운동을 펼쳐 나갔다. 가난
하고 낙후된 나라를 이렇게 이룩한 놀라운 발전을 '한강의 기적'이라
고 한다.

한국은 땀과 눈물로 제철소를 짓고, 고속도로를 닦았다. 세계적으로
높은 빌딩, 세계적인 유람선, 가장 빠른 스마트폰이 있는 나라가 되었다.
그리고 전국의 벌거숭이 산을 울창한 숲으로 가꾸어 놓았다. 한국의 국
제적 위상도 크게 높아졌다.

그런데 안타까운 소식은 국제 투명성 기구의 발표에 의하면 우리나라
가 176개국 중 45위라고 한다(2012. 12. 5). 1위는 덴마크, 핀란드였다. 또
OECD가 발표한 행복지수는 34개국 중 26위라고 한다. 우리나라가 괄목
할 만큼 성장하였다고는 하지만 불명예스러운 일이 아닐 수 없다.

이제는 양적인 성장도 중요 하겠으나 질적인 성장에 눈을 돌려야 한
다. 고위 공직자들의 각종 비리, 부정부패, 늘어나는 각종 사건, 사고, 소
외계층 문제 등……

우리 국민 모두 힘을 모아 다시 한 번 제2의 '한강의 기적'을 이루어
나가야 한다. 우리 대한민국의 밝은 미래를 위해……

광복 69돌에

올해(2014년) 8월 15일은 경술국치(庚戌國恥) 104년, 광복 69주년이 되는 해다. 광복(光復)이란, 말 그대로 빛을 되찾았다는 의미며 우리의 국토, 그리고 우리 주권을 되찾았다는 뜻깊은 말이다.

우리는 다 함께 광복절의 참뜻을 되새겨보며 수많은 선조들의 피 흘려 되찾은 광복절을 맞아 고난의 역사를 반추(反芻)하고 통찰(洞察)하면서 우리의 밝은 미래를 위해, 온 국민의 힘을 하나로 결집(結集)하여 강한 나라로 만들어야 한다.

최근 일본의 아베 민족주의 정부와 극우세력들은 일본의 과거사에 대한 반성과 사과 없이 오히려 독도 영유권 주장, 각료들의 야스쿠니 신사 참배, 일본군 위안부 문제 등 역사를 왜곡하고 있다. 그래서 한일 관계는

극도로 악화하였다. 그렇다고 우리가 분노하고 원망하면서 소리를 높인다고 무엇이 달라지겠는가?

왜 우리가 어떻게 하다가 일본의 침략을 받고 온갖 만행을 저지르게 하였는지 우리 스스로를 뒤돌아보는 것이 매우 중요한 과제라 생각한다.

조선시대의 실학자 성호 이익(星湖 李瀷)은 임진왜란을 도요토미 히데요시(豊臣秀吉)의 침략 야욕이 아니라 조선 내부의 당쟁이 스스로 자초한 결과라고 하며, 만일 그때 군부를 중심으로 온 백성이 단결하였더라면 그러한 침략은 결코 없었을 것이라고 단언하고 있다.

구한말에도 상황은 비슷하였다. 일본은 조선침략 10년 전부터 정한론(征韓論)이 공공연하게 나돌고 있었는데, 우리 조정에서는 안동 김씨 세도정치와 대원군, 민비와의 알력 다툼과 친러, 친일, 친미 등으로 나뉘어 이를 간과하고 대비하지 못하였다. 결국, 스스로 일본의 침략을 자초한 결과를 가져 왔다.

지금은 어떠한가? 핵과 미사일로 무장한 북한과 대치하고 있으며, 중국, 일본, 러시아 등 강대국에 둘러싸여 있다. 더욱이 일본은 재무장을 통한 군사 대국화에 열을 올리고 있다.

그런데 이런 상황에서 우리 정치권은 보수, 진보 여당, 야당 내 편, 네 편, 분열되어 서로 정쟁하고 있어 국민들의 불안은 물론 국력을 약화시키고 있다.

건강을 잃으면 모든 것을 다 잃듯이 국력이 약해진다면 그 국가의 미래는 불 보듯 뻔하다. 손자병법(孫子兵法)에 지피지기(知彼知己)면 백전불패(百戰不敗)로 상대를 알고 나를 알면 100번 싸워도 위태롭지 않다고 했다. 이제 서로 마음을 열고 상대를 이해하고 배려하면서 힘을 하나로 결집통합(結集統合)하여야 한다.

정말 자존심 상하는 말이지만, 일본은 에도시대부터 "조센진은 저희들끼리 싸우다가 망한다"는 말이 있다. 이 얼마나 치욕적이고 자존심 상하는 말인가? 그런데도 정신을 못 차리고 있다.

거듭 말하건대 우리는 더 이상 상대방을 원망하고 탓하기 전에 우리 스스로를 되돌아보고 분열된 힘을 결집하여 국력을 길러야 할 때다. 일본에 저항하여 자결한 중국의 진천화(陳天華)는 그의 절명서에서 "내가 강하고 잘났는데 누가 감히 나를 넘볼 것이며, 내가 나약하고 못났는데 누가 덮치지 않겠는가."라고 하였다.

우리가 국력을 기른다는 것은 이웃 나라들과 대등한 관계에서 상호협력하면서 살기 위한 것이고 이것이 곧 극일(克日)인 것이다. 거듭 말하건대 일본을 극복하는 길은 화합(和合)으로 국력을 결집하고 높은 질서 의식과 도덕성을 회복하여 선진국의 국민으로 거듭나 품격 있는 강한 나라로 만드는 것이다.

맺음말

앞장의 여는 글에서 밝혔듯이 독자들이 편안한 마음으로 가까이 두고 읽을 수 있는 아름다운 책을 내고 싶었다. 그래서 책 제목도『눈꽃 핀 고향의 느티나무』로 정하였고, 오다가다 찍어놓은 사진들도 골라 실었다.

여든에 타계한 소설가 박완서 선생의 책 속에는 겨울나무에 대한 이야기가 자주 나온다. "겨울나무들은 앙상하지만, 그 나무가 더 아름답다"고 했다. 물론, 나무는 사계절 다 아름답다. 잎이 다 떨어진 앙상한 가지에 하얗게 쌓인 느티나무는 그렇게 황홀할 수가 없다.

필자 역시 평생을 고향 집 앞의 600여 년이 넘는 두 그루의 노거수(老

巨樹)를 잊지 못하고 살아오고 있다. 내 삶의 회상(回想)의 글을 쓰다 보니 일본과 관련된 글이 의외로 많았다. 이는 필자의 삶과 무관치 않다. 불행하게도 일제 강점기에 태어나 일본의 교육을 받아야 했고, 해방 후에는 직장의 방송일로 일본을 자주 드나들며 양식 있는 일본 지식인들과 30년 넘게 교류하면서 그들의 정서, 문화, 생활 습관 등을 보아왔기 때문이다.

독자 여러분의 이해를 구하며, 이 책의 집필에 조언해준 서석규 언론인과 출판을 흔쾌히 맡아주신 윤석전 사장님을 비롯해 아름답게 편집해준 편집팀에게 거듭 감사를 드린다.

2014년 가을 광교산 자락에서

꽃이 피면, 언젠가 지는 법

158 눈꽃 핀 고향의 느티나무

내가 사랑하는 우리나라

나무가 좋아 걷는 길

178 눈꽃 핀 고향의 느티나무

눈꽃 핀 고향의 느티나무

- 내 삶의 회상 -

초판 1쇄 발행일 2015년 1월 24일

글 · 사진 송인덕
펴낸이 박영희
편집 배정옥 · 유태선
디자인 김미령 · 박희경
인쇄 · 제본 태광인쇄
펴낸곳 도서출판 어문학사
　　　　서울특별시 도봉구 쌍문동 523-21 나너울 카운티 1층
　　　　대표전화: 02-998-0094／편집부1: 02-998-2267, 편집부2: 02-998-2269
　　　　홈페이지: www.amhbook.com
　　　　트위터: @with_amhbook
　　　　블로그: 네이버 http://blog.naver.com/amhbook
　　　　다음 http://blog.daum.net/amhbook
　　　　e-mail: am@amhbook.com
　　　　등록: 2004년 4월 6일 제7-276호

ISBN 978-89-6184-359-1 03810
정가 10,000원

이 도서의 국립중앙도서관 출판예정도서목록(CIP)은 e-CIP홈페이지(http://www.nl.go.kr/ecip)와
국가자료공동목록시스템(http://www.nl.go.kr/kolisnet)에서 이용하실 수 있습니다.
(CIP제어번호: CIP2015000566)

※잘못 만들어진 책은 교환해 드립니다.